エドワードには自身を、アンドレアには胸を、そしてハッサンには中を、
それぞれ同時に愛撫されて、樹生の腹の奥で悦びが爆発する。

略奪花嫁と華麗なる求婚者

真宮藍璃

illustration:
史堂 櫂

prism bunko

CONTENTS

略奪花嫁と華麗なる求婚者

冬になれば雪に閉ざされる、信越の境にある小さな温泉郷。
そのもっとも奥まった場所にある温泉旅館、明月館《めいげつかん》の離れは、伝統的な日本家屋の平屋だ。

「……失礼いたします、樹生《みきお》です」

「ああ、待っていたよ、ミキ。お入り」

美しい庭に面した部屋の、襖《ふすま》越しに聞こえてきた返事は、懐かしいクイーンズイングリッシュ。快活なその声に、須郷《すごう》樹生は胸を躍らせた。

(本当に、来てくれたんだ。あの人たちが、僕の旅館に)

樹生は若冠二十二歳にして、明月館の社長兼支配人をしている。

艶のある黒髪と色白な肌、どこか愁いを帯びた目尻の下がった目元。そしてぽってりとした薄紅色の口唇。

樹生の繊細な容姿は、女将をしていた母から受け継いだもので、その母は樹生が幼い頃に亡くなった。着物と足袋を身につけた姿には、今どきの若者とは思えないようなたおやかな美しさがある。

廊下に膝をついたまま、ゆっくりとした所作で襖を開けると、三人の外国人男性の姿が目に入った。

「やあ、ミキ。久しぶりだな。少し痩せたか？」

「お招きありがとう。あなたにまた会えて、私はとても嬉しいです」

「一年ぶりだな？　会えなくて寂しかったよ。キモノを着たきみも、なかなか素敵だね」

豊かな金髪と深い碧眼《へきがん》のジェントルマン。

凛々しいアラブ装束の王子。

そして粋な装いのセクシーな伊達男。

純和風の空間に強烈な異国の風を吹き込みながら、三人が思いおもいの挨拶の言葉を告げてくる。それだけで樹生の頬には知らず笑みが浮かぶ。

また彼らとこうして会えるなんて、夢にも思わなかった。

「お久しぶりです、エドワード、ハッサン、アンドレア！」

こちらに親密な視線を向ける三人の顔を、一人ひとり順に見つめる。

座卓の上座に安座して鷹揚な笑みを浮かべている男性、エドワード・ランスロットは、ロンドンの一等地を代々受け継ぐイギリスの名門貴族、ランスロット伯爵家の若き当主だ。

その向こう、縁側の籐椅子にかけている優美だがやや野性味のある容貌の男性は、中東の小国ラシード王国の第五王子、ハッサン・アル・ラシード。黒い瞳と微かに褐色を帯びた肌が特徴的だ。

そしてその傍らに立つ、洒落た三つ揃いのスーツをまとった艶やかな黒髪の男性は、アメリカ、ラスベガスにカジノ王として君臨するイタリア人実業家、アンドレア・レオーニだった。

　三人は樹生が観光業の専門学校を卒業後の一年間、インターンとして働いていたニューヨークの有名高級ホテルを常宿にしており、右も左も分からぬ新米ホテルマンだった樹生を「ミキ」という愛称で呼んで可愛がってくれた。

　明月館の先代の社長兼支配人であった父が病気で倒れたため、樹生が惜しまれながらも帰国してからもう一年が経つが、超一流のセレブリティである彼らと接して多くを学んだインターン時代は、樹生にとってはいい思い出がたくさん詰まったかけがえのない時間だ。

　心からの歓迎の意を伝えるように、樹生は英語で言葉を続けた。

「このたびは当明月館にようこそおいでくださいました。当館の支配人として、皆様を心より歓迎いたします！」

　かつては一インターン、そして今は温泉旅館の新米社長の自分が、世界の一流のサービスを知り尽くした彼らにそんなふうに挨拶をしている。

　そのことにいくらか気恥ずかしさを感じながらも、そう言って三つ指をついてお辞儀をすると、ハッサンがおお、と感嘆したような声を洩らした。

「樹生の所作は、相変わらずとても美しいですね。英語もすっかり上手くなって……。もう私よりもずっと流暢ではないですか？」

「そんなこと……。まだまだ勉強の途中です。実は、アラビア語も少し勉強し始めているんです。それからイタリア語も」

　ハッサンとアンドレアに順に視線を向けながらそう言うと、アンドレアが嬉しそうな笑みを見せた。

「それは嬉しいな。きみが帰国するとき、俺たちがいつかきみを生まれ故郷に招待したいって言ったのを、もしかして覚えててくれたのか？」

「はい。帰国はしましたけど、いつかまたそんな機会があれば嬉しいなと、そう思っておりましたので」

「なるほど。いつでも自己研鑽《けんさん》を忘れないのだな、マキは。真面目で勤勉なところは少しも変わっていないようだ」

　エドワードの言葉に、ハッサンとアンドレアが軽く目を見開く。

　アンドレアが小さく咳払いをしたが、エドワードは間違いに気づいていない。樹生はクスリと笑って言った。

「エドワード、またお間違えになっていますよ？」

「ん？」

「僕の名前は樹生です。『マキ』、ではなくて『ミキ』です」

「ああ、そうか。そうだったな。すまない」

　音が似ているからか、そのほうが発音しやすいからなのか、インターン時代も、三人によく「マキ」と呼び間違えられた。そのたび訂正するのはごくたわいもないやり取りだったが、それもまた楽しい思い出だ。

あの頃からすでに社会的成功者であり、一年が経った今ではさらに輝かしい人生を積み重ねている三人なのに、一介のインターンホテルマンだった樹生に対し、こうして変わらぬ親しみを示してくれる。それはとても嬉しく、少々誇らしくもあることだ。三人と再会できて本当によかったと思う。

でも。

(僕は、あの頃の僕とは違うんだ……。僕は、もう……)

夢と希望を抱いてアメリカへと渡った二十歳のとき、樹生の未来は明るく輝いていた。だが今、樹生は自分の将来にどんな夢も希望も抱いてはいない。以前よりもさらに輝きを増した彼らの姿を目の当たりにし、そのことに否応なしに気づかされて、己の惨めな境遇を思い知らされる。

闘病中の父と亡き祖父、そして樹生が幼い頃に亡くなった母の愛したこの明月館を、唯一の後継ぎである自分が何としても守り抜く。

そんな悲壮なまでの決意を貫き通すためなら、他のすべてを諦めてこの身をなげうとうと、自らの意思でそう決めたというのに。

「長旅でお疲れでしょう。まずはお茶をお淹れしますので、しばしごゆるりとお過ごしください。施設のご説明もさせていただきます」

一年前に帰国してからも、ほのかな憧れと尊敬の念を抱き続けてきた相手である、エドワード、ハッサン、アンドレア。

多忙を極める日々の中、樹生からの招待に応じ、都合を合わせてはるばるやってきてくれた三人を、せめて心からおもてなししよう。もしかしたら、もう二度と会うことも叶わないかもしれないのだから――。

そんな切ない思いを胸の奥にしまい込みながら、樹生は部屋の中へと入っていった。


明月館は、樹生の亡き祖父が創業した温泉旅館だ。二十年ほど前に祖父が勇退して以来、後を継いだ父が社長兼総支配人として営業を続けてきた。

さほど景気の良い時代ではなかったものの、樹生を私立高校、そしてホテルマンを養成する専門学校に進学させられる程度には経営は順調であったし、卒業後に後継ぎとしてすぐに旅館の仕事を手伝うよりも、もっと広い世界を知りたい、海外に出て一流のサービスを身をもって学んできたい、と言った樹生の希望を、父はあっさりと聞き入れてくれた。

『おや、きみは新顔だな。もしかして日本人?』

『何というかその、とてもお若いですね。もしや、ハイスクールの生徒ですか?』

『……おまえたち、不躾ではないか。それにここは田舎のモーテルじゃない。高校生を雇うわけがないだろう』

ニューヨークはマンハッタンにある、某有名高級ホテル。

その豪奢なスイートルームでビジネスミーティングを開いていた三人と、初めて顔を合わせたときのことを、樹生は今でも鮮明に覚えている。

元々海外ではアジア系は若く見られがちだが、平均的な日本人男性と比べても童顔で、さらに身長一六七センチと小柄な樹生の容姿は、三人を少なからず驚かせたようだった。軽食をサーブしている間も気さくに話しかけられ、すぐに顔を覚えてくれた。

三人は、スイスにある上流階級の子息ばかりが集まるボーディングスクールで知り合い、意気投合した親友同士だった。一番年長のエドワードが当時二十四歳、アンドレアは一つ年下の二十三歳、ハッサンはさらに下の二十二歳と、樹生とはさほど年が離れていないのに、三人はもうそれぞれの国でそれぞれのキャリアを積み重ねており、それだけでは飽き足らず三人で大きな事業を興す計画を進めていて、頻繁にそのホテルで会っては、アイデアを練ったりリサーチ結果を報告し合ったりしていたのだった。

理知的に、そしてときには熱く議論を戦わせ合う三人の姿はとても眩しく、できればずっと見ていたいと、樹生はいつしかそんなふうに思うようになっていた。

だがそんなさなか、健康が取り柄だった父が突然倒れた。

幸い一命はとりとめたが、後遺症のために体が動かしづらくなり、今でも杖と入念なリハビリが欠かせない。何度か入退院も繰り返していて、今は隣町にある祖父が生前暮らしていた家で静養している。この先旅館経営の現場に復帰するのは、やや困難な状況だ。

(でもそれだけなら、何とかなったはずなんだ)

祖父の代から勤めてくれている仲居たちや、腕のいい料理長ほか、ベテランの従業員たちに教えをこいながら、樹生が三代目として懸命に頑張れば、何とか危機を乗り越えていける。海外への憧れは強かったが、樹生としてはいずれは旅館を継ぐ覚悟を持って日々暮らしていたし、その時期が少し早くなっただけだと、納得もしていたのだ。

だが明月館は、樹生の予想もしなかったような厳しい現実に直面していた。その上、樹生自身の脇の甘さのせいで、抜き差しならぬ状況になっていて――。

「樹生さん、離れのお客様にお出しするお膳、確認してもらっていいですか?」

旅館のバックヤードで、明日宿泊予定の予約客のリストを確認していたら、料理長から声をかけられた。樹生は急いで暖簾をくぐって中へ入った。

厨房は今、夕食の準備に追われるもっとも忙しい時間だ。邪魔にならぬよう気を配りながら、樹生はエドワードたちのために特別にあつらえた料理の数々を見渡した。

旬の野菜や魚、肉を贅沢に使いながらも、繊細な味わいと美しい彩りを追求し、健康にも配慮した、明月館自慢の夕食。樹生は小さく頷いて言った。

「……完璧です。さすがは料理長ですね！」

「はは。樹生さんにそう言っていただけると安心しますよ。外国の方ですし、生ものなんかはどうなのかなって、気になってたんで」

「大丈夫ですよ。皆さん日本料理もよく召し上がる方たちですから。それじゃ、さっそくお料理を運んで……」

「失礼。お邪魔しますよ」

　不意に厨房の入り口のほうから聞こえてきた声に、樹生はゾクリと背筋が震えるのを感じた。

　嫌悪感を顔に出さぬよう注意しながらゆっくりと振り返ると、半分だけ捲り上げられた暖簾の間から、小太りで神経質そうな顔つきの男がその姿を覗かせていた。

　樹生は急いで男のほうへ駆け寄り、懸命に笑みを浮かべて言った。

「……こんばんは、高峰《たかみね》さん」

「やあ、樹生くん。忙しい時間に悪かったかな？」

「いえ、そのようなことは。こちらこそ、いつもご足労いただき恐縮です」

　樹生が忙しかろうがそうでなかろうが高峰は気にしたことなどないし、こちらとしてはできれば顔も見たくないのが本音なのだが、一応そう答えておく。

　高峰が満足げな目をしてこちらを見つめ、顔を近づけて耳打ちするように言う。

「実は利息の支払いのことで、ちょっと話があってね。少しだけ、二人きりになれるかな？」

含みのある言葉に、また背筋が震える。

目の前の男を全力で突き飛ばして逃げたいと、そんな気持ちになるが、今の樹生には高峰を拒むことも、逃げ出してしまうこともできなかった。

否、今だけでなく、この先もずっと――。

（明月館の、ためだ……！）

樹生は強くそう思いながら、高峰に小さく頷いた。

――負債総額、二億円。

一年前、アメリカから帰国した樹生は、病院のベッドに横たわる父に初めて明月館が深刻な経営難に陥っていて、多額の負債を抱えていると聞かされた。

三年ほど前に近隣にできたレジャー施設を併設した観光ホテルに、多くの宿泊客を持っていかれたこと。温泉郷全体の集客力を上げるため、資金を出し合って新しく設立した足湯施設の収益が、当初の想定以上に伸び悩んでいること。一部老朽化した明月館本館の改修工事でちょっとした事故が起き、出費がかさんだこと。

さまざまな要因が絡み合い、旅館の負債はすでに二億円にも膨らんでいた。もっと早くに相談してくれていればと思ったが、父は樹生に心配をかけたくないと気遣ってくれていたらしい。

外部のしかるべきプロの手を借りるか、それともいっそ旅館をたたむか。

父はそう言ったが、樹生は何としても廃業だけは避けたいと思い、必死に再建の道を模索していた。そんなとき、二人の前に現れたのが高峰だった。

『僕に任せてください、社長。そして樹生くん。僕はこの温泉郷を、先代が作り上げた明月館を愛しているんです。どうか僕に、再建を手伝わせてください』

高峰は地元出身の三十代、東京で経営を学んで戻り、コンサルタントとして地域の中小企業やほかの旅館の経営顧問をしている男だった。

亡き祖父の友人でもあった町議会議員の息子で、とにかく顔が広い。彼の助言で経営が上向いた旅館もいくつかあったので、療養中の自分の後を継いで社長になる樹生を支えてくれるのならと、父は高峰を経営顧問として迎えたのだ。

だが高峰には、父の知らない裏の顔があった。

「……あっ……！」

高峰に本館の裏手に連れ出され、大きな庭木の幹に背中を押しつけられて、樹生は小さく叫んだ。そのまま身を寄せられ、着物の上から体を手で撫で回されて、肌が粟立つ。

樹生は潜めた声でやんわりと抵抗を示した。

「……た、高峰さん、待ってください。こんなところで……」

「いいじゃないか。誰も来やしないよ」

「で、も」

着物の裾に手を滑らされ、中に手を入れられて腿に触れられそうになったから、逃れようともがく。高峰がクスクスと笑って言う。

「何だ、僕を焦らそうっていうのかい？　いつの間にそんな駆け引きを覚えたんだ？」

「駆け引きだなんて」

「それとも、僕を拒もうとしているのかな？　だったらきみが三億に増やした借金、今すぐ返してくれるかい？」

「そんな、ことっ……」

嘲るような声音に、泣きたくなる。唇を噛んでされるがままになっていると、高峰は樹生の着物の裾を捲り上げてきた。

「や……」

下半身をむき出しにされ、樹生の頬が熱くなる。

樹生は着物の下に下着をつけることを、高峰に禁止されていた。代わりに革でできたぴっちりとしたペニスケースと、後孔を塞ぐような形のパッドがついた革の腰ベルトをつけられている。そして後孔には黒檀の木で作られた小ぶりの男性器型を挿《い》れられて、そのまま毎日を過ごさせられているのだ。

昔の王族が後宮の姫たちにつけさせていたような恥辱的な貞操帯と、おぞましい拡張器具。こんなものを身につけさせられているなんて、誰かに知られたら恥ずかしくて倒れてしまいそうだ。

装着具合を確かめるように指先で樹生の局部を弄りながら、高峰が猫なで声で言う。

「ふふ、意地悪なことを言ってごめんね、樹生くん。きみが何だかつれないことを言うから、ちょっと哀しくなっちゃったんだ。でももちろん本気で言ったんじゃないよ。だってきみは、僕の大事な花嫁なんだから」

「……っ」

「楽しみだなあ。もうすぐ、僕はきみと結ばれるんだね。隣町の新しいホテルが完成して、きみの後ろがいっぱいに開いたら、そこで二人きりで祝言を上げよう。僕が一晩かけてきみを愛してあげる。誰も触れたことのない、きみの無垢な体を……！」

そう言う高峰は、神経質そうな顔に夢見るような表情を浮かべている。その顔を間近で見ているだけで、こちらは反吐が出そうだ。

男同士で、しかも花嫁だなんて、樹生にはとてもあり得ないことだし、どう考えても愛人にされるだけなのに、高峰は本気でそんなことを言う。これが自分の現実なのだと、暗澹たる気持ちになる。

（まさかこんなことに、なるなんて）

　一年前。

　慌ててアメリカから帰国し、父に代わって明月館の社長に就任してすぐ、樹生は高峰がすすめるまま、それまで分散していた借金の大部分を、とある金融機関に借り換えて一本化し、そこから追加融資を受けて離れの大幅な改築を行った。

　だがそれは、高峰の罠だった。高峰がすすめた金融機関は、実は高峰と結託したヤクザまがいの闇金融で、樹生がそのことに気づいて問い詰めるまでのほんの短い間に、旅館の負債は一気に三億にまで膨れ上がってしまっていた。

　もはや経営破たん寸前、旅館を手放す以外にどうしようもない。

　そんな状況に陥り、茫然自失の樹生に、高峰は淫靡《いんび》な声で告げてきた。

『きみが僕のものになるなら、返済期限は半永久的に猶予してあげる。先代の入院治療費も僕が融通してあげよう』と――。

「……そういえば、離れの外国人、きみの知り合いなんだって？」

　樹生の肌に食い込むように固定されている革ベルトを指でつっとなぞりながら、高峰が訊いてくる。鼠蹊《そけい》部をなぞられる不快な刺激に微かに眉を顰《ひそ》めながら、樹生は答えた。

「はい……。ニューヨークのホテルで研修していたとき、よくお見えになって……」

「羽振りがよさそうな連中じゃないか。とても日本人の見習いホテルマン風情がお近づきになれるような相手とは思えないな。もしかして、何か特別な関係だったんじゃないだろうね？」

「特別な、関係？」

「たとえば彼らに、きみが独自のサービスを提供していたとか。きみのその可愛い手や口を使って、セクシャルなマッサージを施していたとかさ？」

「そんなっ！　何てこと、言ってっ！　あっ、ぅう！」

おぞましい妄想を強く否定しようとしたら、いきなり双果をキュッと握られた。手の中でいやらしくまさぐりながら、高峰が言う。

「……なぁんて、まさかそんなわけはないよね？　けどきみはとても可愛いから、外国人も虜《とりこ》にしてしまうんじゃないかと、僕は不安なんだよ。彼らから搾り取れるだけ搾ったら、早々にお帰りいただきなさい」

「で、でも、都合を合わせて、せっかく来て、くださったのに……」

「何？　僕の命令が聞けないの？　きみはいけない子だねえ」

高峰が言って、手の中の樹生の果実をキュウっと絞りながら身を寄せてくる。

「あんまりわがままばかり言うと、またお仕置きしなきゃいけなくなっちゃうよ？　この前散々泣いたばかりだろう？」

「……！」

先週のこと。樹生の態度が何か気に障ったらしい高峰に、男性器型の代わりに微振動する性玩具を挿れられ、そのまま数時間を過ごさせられたことがあった。

体内に動く異物を挿れられ、気持ちが悪くてたまらないのに、何故だか己が勃ち上がりそうになって、まともに仕事にならなかった。またあんな卑猥なことをされるなんて、とても耐えられない。樹生は震えながら言った。

「……ご、ごめんなさい、そんなつもりじゃなかったんです。ちゃんと高峰さんの、仰る通りにしますから……、だからあれだけは、やめてくださいっ」

「本当に？　僕の言うことをちゃんと聞けるのかな？」

「はい。僕は決して、逆らったりしませんから、だから――」

「……ミキ？　そこにいるのか？」

必死に謝る樹生の耳に、不意に届いた滑らかな英語。高峰が樹生をまさぐっていた手をさっと引いて体を離したので、樹生も急いで着物の裾を直した。

すると本館の外壁に沿って植えられた生垣の切れ目から、エドワードが姿を現した。

「エドワード！」

「……樹生……？　ああ、失敬。話の邪魔をしたかな？」

エドワードが英語で言って、チラリと高峰を見やる。

高峰はそれには答えず、そ知らぬ顔で樹生のほうを見る。

「時間を取らせたね。今日のところは失礼するよ」

取り繕うようにそう言って、高峰がそそくさと去っていく。

エドワードのおかげで助かった。

一瞬そう思ったが。

(エドワードに、見られたっ……?)

局部に貞操帯をつけさせられているのを見られていたら、いたたまれないどころの話ではない。不安を覚えながら顔を窺うと、エドワードは困ったような笑みを見せた。

「ここで会えてよかったよ、樹生。実は庭を散歩していたら、迷ってしまったんだ。離れがどちらのほうにあるのか、分からなくなってしまって」

「……ああ、そうだったのですか」

エドワードの態度はどこもおかしなところはない。どうやら見られてはいないようだ。

樹生はいくらかホッとしながら言った。

「離れはあちらです。もう夕食の膳が並んでいる頃でしょう。ご案内します」

「助かるよ。ありがとう」

エドワード、ハッサン、そしてアンドレアに、最高のおもてなしをする。

今はとにかく、そのことだけを考えよう。

樹生はざわつく心を抑え込み、夕闇に包まれた旅館の庭を先に立って歩き始めた。

「おお、ユバとトーフは同じものだったのですかっ？　それは知らなかったです！」

「まったく同じというわけではありませんが、どちらも大豆を加工したものです。大豆を加工した食品の種類は日本にはとても多いんですよ。あ、できました。どうぞ召し上がってみてください」

離れにエドワードを案内すると、ちょうど夕食の膳を並べ終わった仲居が下がってくるところだった。ハッサンに料理の説明をしてほしいと言われたので、そのまま離れに残っている。

豆乳を煮たて、できたばかりの湯葉を口にして、ハッサンが納得した顔で言う。

「ああ、本当ですね、微かにソイビーンの香りがします。とても美味しいですねえ」

「ミキ、この刺身は何ていう魚なんだ？」

アンドレアがお造りを前にして訊いてくる。樹生はよどみなく答えた。

「そちらはヒラマサというお魚です。今がちょうど旬で、見た目の割にさっぱりと美味しくいただけるお魚だと思います」

「……うん、いいな。凄く美味い。本当に素晴らしいな！」

アンドレアが大げさなほどに何度も言って、刺身を味わう。

美味しいものを食べているときの表情は世界共通だ。彼らのような一流を知るゲストに喜んでもらえるのは、サービス業冥利に尽きる。

（でも、何だかエドワードだけ、お箸が進んでいないな……？）

ほかの二人と同じく楽しく談笑しながら食事をしているが、エドワードだけ先ほどから何となく大人しい。苦手なものでもあるのだろうか。

樹生は気になって、ためらいながらも訊いた。

「あの、エドワード。もしや何か、気になることでも？」

「え……？」

「あ、いえ、気のせいでしたらいいのですが。何となく、お顔が曇ってらっしゃるように見えましたので……」

そう言うと、エドワードが少し驚いた顔でこちらを見返して、それから小さく笑った。

「きみは相変わらずだな。確かニューヨークにいた頃も、そんなふうに鋭く見抜かれたことがあった。きみは人をよく見ているんだな」

「す、すみません。そんなにじろじろ見ていたつもりは、ないのですけど……！」

「謝ることはないぜ、ミキ。いつもポーカーフェイスのエドの表情を一瞬で見抜けるなんて、これはもう一種の才能だ。ホテルマンとしてもいい資質だって、俺は思うぞ？」

アンドレアがそう言うと、ハッサンも頷いて続けた。

「ミキからは、いつも温かく優しい気遣いを感じます。それは私たちを、とても心地よい気分にしてくれるものです」

「そ、そこまで言っていただくほどのことは、ないと思うのですが……、ありがとう、ございます……」

三人に褒められると、何だか照れてしまう。頬を染めた樹生に、エドワードが言う。

「ミキにサーブされるのが心地いいのは、確かにその通りだな。きみはいつも穏やかで、ゲストに心から奉仕している。そんなきみだから、私はことさらに気になってしまったのかもしれないが……」

エドワードが僅かに言いよどんで、それからこちらを真っ直ぐに見つめて続ける。

「ミキ。先ほどきみは、どうしてあの男に謝っていたんだ？」

「……えっ……」

「他人のプライベートに深く踏み込むのは本来私の主義ではないが、そこに不当な力関係があるなら別だ。あの男と話していたきみは、何だかひどくつらそうな声をしていたぞ？あの男はきみの何だ？」

思わぬ言葉に動揺する。

恥ずかしい姿を見られてはいなかったと安心したのに、まさか会話を聞かれていたとは思わなかった。しかも日本語で、潜めた声で話していたのに。

「何だか穏やかじゃないな。ミキ、トラブルにでも巻き込まれてるのか？」

「気になりますね。一体どういうことなのです？」

ほかの二人も話に食いついてきたので、慌ててしまう。エドワードはどこから話を聞いていたのだろう。

（でも、どっちにしろ本当のことなんて、言えない）

いくら尊敬する三人であっても、いやむしろだからこそ、今の自分の窮状を知られたくはない。樹生は誤魔化すように曖昧な笑みを見せて言った。

「トラブルなんて、ありません。あの人は、その……、僕の、恋人なんです！」

「恋人っ？」

「はい。彼は僕を愛してくれてて、一緒に旅館を盛り立てていこうと言ってくれているんです。僕は彼と、将来を誓い合っているんです……！」

見方によってはまったくの嘘とも言えない出まかせがスラスラ出てきたことに、自分でも少しびっくりした。

あるいは高峰からしたら、本当にそういうつもりなのかもしれないが、これでは真相を知られる以上に三人を驚かせてしまうのではないか。場合によっては三人に完全に引かれてしまうかも。

言ってみてからそう気づいたが、もしかしたらもう遅かったかもしれない。ハッサンとアンドレアはひどく驚いた様子で、絶句してこちらを見ている。

（……けど、こんな嘘でも信じてくれるなら、それでもいいかも）

樹生の個人的なことなど、これ以上三人に気にしてほしくはない。この旅館で過ごす時間をゆったりと楽しんでほしいから。

そう思ったのだけれど。

「……私にはとても信じられないな。きみは本当に、真実を言っているのか？」

「え？」

「きみは嫌がっているように、私には見えたが。会話をすべて聞いていたわけではないが、きみはあの男の言葉に今にも泣きそうな声を出していたじゃないか」

エドワードの指摘があまりにも核心を衝いていたので、息をのんだ。樹生は慌てて否定した。

「泣きそうだなんて、そんな……！　そんなこと、ありません……」

「そうかな？　私の思い違いだったとは思えないのだが。それに、きみがゲイだというのもにわかには信じられない。日本でそんなことがあるとは思いもしなかったが、もしやきみは、意に染まぬ『結婚』をしようとしているのではないか？」

「エドワード」

鋭く切り込むようなエドワードに、ひるんでしまう。

洞察力で言ったら、自分などよりエドワードのほうがずっと鋭い。樹生を見る目には明らかに疑念が浮かんでいて、まるで心の中まで見透かされているみたいだ。

でもこちらももうあとには引けない。樹生はゴクリと唾を飲んで言った。

「そんなことは、ありませんっ……。僕はゲイで、彼を愛しているんです！　もしもそれで軽蔑されたなら、仕方がないですがっ……」

「私は軽蔑したりはしないですよ、樹生」

いくぶん緊迫した部屋の空気を和らげるような声で、ハッサンが言う。すがるようにそちらを見ると、ハッサンは穏やかな笑みを見せて続けた。

「その男性と寄り添うことで樹生が幸せになれるのなら、私は心から祝福します。あなたは、運命の相手に出会ったのですね？」

「俺も野暮は言わないぜ。きみが笑顔でいられるならな。添い遂げたいと思う相手がいるなんて、こんなに素敵なことはない。エドだって、それは否定しようがないだろう？」

アンドレアが言って、傍らの日本酒の盃を取り上げる。

お酌をしようと徳利を持ち上げると、もうほとんど残っていなかった。

話を打ち切るチャンスかもしれない。樹生はそう思い、アンドレアに訊ねた。

「……あ、あの、アンドレア。もう少しお酒を召し上がりますか？」

「ん？　ああ、そうだな。いただこうか」

「ではすぐにお持ちします。少々お待ちください」

そう言ってさっと立ち上がり、逃げるように部屋を出る。

樹生は振り返りもせず、本館の厨房へと駆けていった。


それから二時間ほどあとのこと。

夕食が終わり、離れに併設された露天風呂を堪能してもらうべく、三人に温泉の効能などを説明していたら、エドワードの携帯電話に仕事関係の連絡が入った。

早急にロンドンのオフィスと何か大きなデータのやり取りをしなければならないと言うので、エドワードを無線ＬＡＮ設備のある本館へと案内し、再び離れに戻ってくると、露天風呂のほうからザーッと湯が流れる音が聞こえてきた。

「お、いいな。それほど熱くない」

「そうですね。そして、鉱物の香りがします。さすがにジャパニーズ・ロテンブロは初めてですが、天然のスパは、やはりよいものですねえ」

アンドレアとハッサンは、早々に石造りの露天風呂に入っていた。樹生は浴槽のほうまで行き、傍にかがんで軽く声をかけた。

「お湯加減はいかがですか、お二人とも」

「ちょうどいいよ。凄くいい気分だ」

「本当に。風もとても気持ちいいです」

胸の辺りまで湯に浸かりながら、アンドレアとハッサンが答える。

離れの脇を流れる渓流沿いの露天風呂は、季節の移り変わりを感じさせる木々で覆われていて、それが目隠しになっている。今は新緑の風がすがすがしい。

木々の香りを楽しむようにすうっと息を吸ってから、ハッサンが訊ねてくる。

「ここはとても空気が美味しいですね。ミキは、この町で生まれ育ったのですか？」

「はい。この近くに生家があります。ここよりももう少し山の中ですが」

「そうだったのか。いいところだな、この辺りは」

アンドレアが言って、辺りを見回す。

「俺は海の近くの街で育ったから、山に囲まれた生活ってのにちょっとばかり憧れてるんだ。この辺り、シカなんかがいたりするのか？」

「ええ。タヌキやキツネ、サル……、それにクマもいますね」

「おお、クマですか！　それは楽しそうですね！」

実際には作物を食べられたり、身の危険もあったりするのだが、ハッサンが楽しげなのでそれは言わないでおく。小さく頷いて、ハッサンがこちらを見つめて言う。

「この町があなたを育んだのですねえ。恋人の男性とも、ここで出会ったのですか？」

探るように訊ねられ、ドキリとする。アンドレアも続けて訊いてくる。

「恋人のことは俺も知りたいな。一体どんな男なんだ？　馴れ初めは？」

「え、と、その……！」

二人からそんなふうに訊かれるとは思わなかったので、慌ててしまう。将来を誓い合った恋人とまで豪語したのだから、何か適当な作り話くらい考えておけばよかった。

樹生は口ごもりながら答えた。

「な、亡くなった祖父の、親友の息子さんで……、父が倒れて以来、何かと相談に乗ってくれていて……」

「相談、ですか？」

「はい……。彼は、経営コンサルタントなので」

実際は悪徳業者で、彼の口車に乗せられたせいで借金が膨らんでしまったと、思い切って打ち明けたい気分だったが、そんなみっともない事情を知られたくはない。二人にしても、いきなりそんな話をされたら困るばかりだろう。

高峰も言っていたが、ハッサンもアンドレアも、そしてエドワードも、若くして富を築いているハイクラスの男たちだ。一介のインターンだった樹生の招待に応じて、はるばる日本の片田舎にまで来てくれただけでも奇跡なのに、そんな話までして、金目当てのように思われたくはない。

樹生は強がりを見せぬよう自然な調子で言った。

「彼は、この旅館をとても大事に思ってくれているんです。もちろん僕のことも。だからこれからは、彼と生きていくつもりです」

我ながら白々しく感じる言葉。二人がどう思ったのか、その顔つきからは分からなかったが――。

「……やれやれ。そんなに急いで決めなくてもよかったのにな」

「え」

「この世界には、まだまだいい男がたくさんいる。若いながらも家業を継いで懸命に頑張るきみの力になり、優しくサポートしてくれる男は、他にもどこかにいるかもしれない。そんなふうには思わなかったのか？」

艶っぽく濡れ髪を掻き上げながら、アンドレアが何やら意味ありげな目をしてそんなことを言ったので、思わずキョトンとしてしまった。するとハッサンが、何故だかクスクスと笑った。

「おや、意外そうなお顔ですね。でも、実は私もそう思っていたところです。心を落ち着けてゆっくりと周りを見回せば、樹生を心から想っている人が他にもいることに、気づいたかもしれないですよ？」

「僕を、心から……？」

ハッサンまでがそんなことを言い出すとは思わなかった。

でもそんな、わざわざ苦労を背負い込みたがるような奇特な人がそうそう身近にいるわけもないし、高峰みたいに金に飽かせて下劣なやり方で欲望を遂げようとする輩がほかにもいるとしたら、それはそれでたまらないことだ。

樹生は大げさに首を横に振って言った。

「そんな、まさか！　だって僕、そんなにモテるほうじゃありませんし！」

「何だ、謙遜ってやつか？　きみは奥ゆかしいんだなあ」

アンドレアが言って、呆れたように続ける。

「けど、きみは自分が思っているよりずっと多くの人を惹きつけ、魅了しているかもしれない。その可憐な容姿や、優しい心根でな。それはたぶん、少しは考えてみておいたほうがいいことだぜ？」

「私も、樹生はとても魅力的だと思います。樹生はもっと自分の魅力に気づくべきなのですよ！」

「お、お二人とも、何を仰って……」

大真面目にそんなことを言われても、こちらはどうしていいのか分からない。からかっているのか本心なのか、二人はどういうつもりで言っているのだろう。

（でも、この話はこの辺でやめておいたほうがいいかも）

そもそも樹生は、純粋な恋愛感情から高峰のものになるわけではないのだ。あまり突っ込んだ話をしていると、その辺りの事情がバレてしまうかもしれない。

樹生は誤魔化すように曖昧な笑みを浮かべた。

「お二人の言葉は、そのままお二人にお返ししますよ。だって僕からしたら、お二人のほうがずっと素敵だと思いますし。エドワードも、もちろんです。ニューヨークにいた頃から、お三方は僕の憧れですから」

樹生は言って、さっと立ち上がった。

「エドワードが何か手助けを必要としていないか、様子を見てきます。ここのお湯は長く浸かっていてものぼせにくいのが特長ですから、どうぞごゆっくりなさってください」

そう告げて、そのまま踵《きびす》を返す。

エドワードの仕事の用件が片づいたら、彼にも露天風呂をすすめなければ。樹生はそう思いながら、離れをあとにした。


（あれ、エドワード……？）

本館と離れとの間にある庭を歩いていたら、満開までは少し早いが、花房がそよそよと揺れる藤棚の下に、エドワードが佇んでいるのが見えた。

日本庭園の中にいると、その長身と金の髪がことさらに際立って見える。声をかけようとして、その視線が東の山際のほうへと注がれているのが分かった。

エドワードは、昇り始めた月を見ているようだ。

「……そう言えば今夜は、十三夜月でしたね」

今朝の新聞で月齢を確認したのを思い出し、傍まで近づいてさりげなく告げると、エドワードが驚いた顔をしてこちらを振り返った。樹生の顔をまじまじと見て、エドワードが言う。

「ああ……、そうだったのか。このところ仕事が立て込んでいて気づかなかった」

「そんなにも、お忙しかったのですか？」

「たまたまいろいろなことが重なってな。いつもは、バカンスに仕事は持ち込まないのだが」

月を眺める余裕もないなんて、仕事とはいえ忙しすぎる。旅先にまで連絡が入るほどなのだから、本当にスケジュールを縫うようにして時間を作り、ここまで来てくれたのだろう。嬉しいとは思いつつも、何だか恐縮してしまう。

エドワードの日々の疲れを、自分が癒《いや》してあげたい。そんな気持ちになりながら、樹生は言った。

「エドワード、とてもご多忙なのにここまでいらしてくださったこと、僕は凄く嬉しく思っています。本当にありがとうございます」

「ミキ……」

「月は、露天風呂からも綺麗に見られますよ。ハッサンとアンドレアは先に入ってらっしゃいます。エドワードもぜひ……」

「待ってくれ、ミキ！」

　先に立って歩こうとしたら、エドワードが何やら差し迫ったような声で言って、樹生の二の腕をつかんで引きとめてきた。

　今までそんなふうにされたことなどなかったので、軽い驚きを覚えながら顔を見ると、エドワードがどこか熱っぽい、焦れたような目をしてこちらを見返してきた。

　エドワードがそんな顔をするのを見たのも初めてだ。一体どうしたのだろう。

「あ、あの、エドワード？　どうなさって……？」

　いつもの冷静な態度とはずいぶんと様子が違うエドワードに当惑していると、エドワードはそのまま樹生を引き寄せ、両肩をつかむように手を置いてきた。

　樹生の目を真っ直ぐに覗き込んで、エドワードが低い声で告げてくる。

「ミキ。きみはこの旅館や療養中の父君のために、己を捨てることを決意した。そうなのだろう？」

「え……、えっ？」

「ミキ……、いや、樹生。ならばどうか、この私にもチャンスをくれないか。きみを幸せにするチャンスを！」

「幸せに、って……、んンっ、んっ？」

何を言われているのか分からず、じっと目を見つめた次の瞬間、エドワードの顔がぐっと近づいてきて、樹生の口唇に何か温かいものが触れた。

（な、に……？）

ほのかに鼻腔をくすぐるのは、エドワードがつけているパフュームの香りだろうか。そして目の前で風にそよいでいるのは、豊かな金の髪。

エドワードに、キスをされている。そう気づいて混乱する。

「……っ、めてっ、何をするんですっ！」

身をよじってキスを逃れ、肩をつかむ腕を振りほどいて叫ぶと、エドワードが一瞬、ハッとしたような顔をした。

けれどすぐに真剣な表情を見せて、言葉を紡ぐように言った。

「驚かせてすまない。きみを困惑させるだろうとは思うが、どうか言わせてくれ」

「っ？」

「私はずっと、きみを想っていた。きみがあんな男のものになるのを、黙って見過ごすことなどできないんだ！」

「エ、ドワード……」

強い口調に動転する。

ずっと、想っていた？　エドワードが、自分を――――？

「今、懇意にしているエージェントに頼んで、この旅館の経営状態と例の男について調べさせた。きみはあの男の正体を知っていて、恋人などと言っているのか？」

「な、んで、そんな？」

「知らないのなら教えてやろう。あの男はコンサルタントとは名ばかりの悪辣な守銭奴だ。金の力できみを思い通りにしたいだけで、きみのことを愛しているとはとても思えない。この旅館や家族のためとはいえ、そんな相手のものになるなんてナンセンスだ！」

「……！」

こんな短時間でそこまで調べられ、本当の事情に気づかれてしまうなんて、まさか思いもしなかった。病気療養中の父にはとても話せず、他の誰にも相談できないまま今に至ってしまったが、他人の口から改めて自分の陥った状況を言葉にして聞かされると、確かにナンセンスなことかもしれない。

（……でも、そうしないと旅館を守れないんだ）

今すぐ経営破たんしてもおかしくないような、高額の負債。この身を差し出せば返済期

限を猶予してくれるというなら、そうするしかないではないか。

　樹生はやるせない気持ちになりながらも、エドワードを見返して言った。

「ご忠告はとてもありがたいですが、これは仕方がないことなんです。僕はどうしても、こうしなければならないんです」

「それは、純粋にこの旅館のためか？　それとも、少しでもあの男に気持ちが？」

「気持ちなんて、ありません。けど、僕にはこうするしか……！」

　自分でも惨めすぎて、泣きそうになってしまったので、エドワードから視線を外した。懸命に涙をこらえる樹生に、エドワードが低く告げてくる。

「樹生、だったら私にしろ」

「えっ？」

「私なら、本気できみを愛している。きみを一生大切にして、苦労などさせないと約束する。だから、私をきみの伴侶に選んでくれないか」

「何、言っててっ」

「どうか私の提案を受け入れてくれ。たとえ金目当ての結婚だったとしても、私は……！」

「そんなっ、そんな提案、受け入れることはできません……！」

『金目当て』とはっきり言われ、思わず強い口調で拒絶した。

　だが自分でも分かっている。何もかもすべてエドワードの言う通りだ。自分は金のために体を売って、その金で旅館を守ろうとしているのだ。亡き祖父や母や、父の思いの詰まった、大切なこの明月館を――――。

(何て汚いんだろう、僕は)

エドワードに憧れ、心から尊敬していた。一番知られたくない相手に真相を知られ、己が浅ましさを曝《さら》け出してしまったことが哀しくて、泣けてくる。

樹生は震える声で言った。

「お願いですから、僕のことは放っておいてください。エドワードには、関係のないことですから……!」

「樹生……、待ってくれ、ミキ!」

エドワードを突き放し、本館のほうへと駆け出すと、エドワードが悲痛な声で呼びかけてきた。そんなにも、好意を持ってくれていたのだろうか。

でももう、振り返って顔を見る勇気はない。樹生は涙をこぼしながら、エドワードの優しさから逃げ出していた。


「はあ……。さすがにちょっと、眠いな」

昨晩、樹生はあのまま本館にある事務所に戻り、三人のいる離れへは行かぬまま仕事を終えた。普段寝泊まりしている本館の中にある自室へと戻ったものの、エドワードの突然の告白に動揺していたせいか、あまり眠れぬまま朝になってしまった。

それでも、樹生はほかの従業員の誰よりも早く起きて、本館の玄関先を掃き清めることを日課にしている。何とか起きなければ。

(エドワードと、顔を合わせづらいな)

大事なお客様だとはいえ、あんな言い合いをしたあとではかなり気まずい。それに、エドワードはもしかしたら、高峰のことをハッサンやアンドレアにも話してしまっているかもしれない。何とかやりすごすための言い訳を今から考えておこう。

布団に入ったまま、ぼんやりそんなことを思っていると、前触れもなく部屋のドアがトントンとノックされた。

こんな朝早くに誰だろう。もしや旅館の中で何か問題でも起きているのだろうか。

「はい、今行きます」

返事をして起き上がり、寝間着のまま部屋のドアを開けると。

「――――っ!」

てっきり従業員の誰かだと思ったのに、ドアの目の前に立っていたのが何か大きな包みを抱えた高峰だったので、内心ギョッとした。まだ玄関の鍵も開けていないのに、一体どうやって入ってきたのだろう。

「おはよう、樹生くん。寝起きのきみはまた、最高に可愛いね！」

「高峰さん……、あの、一体……？」

朝から何ごとかと訊ねようとしたら、高峰が包みと体を使ってドアをこじ開けて部屋に押し入り、後ろ手にドアを閉めて鍵をかけた。ハッとなった瞬間、樹生は高峰にドンと胸を押され、畳の上に倒れ込んでしまった。

「……っ、な、何をするんですっ？」

いきなりの行為に驚いて見上げると、高峰は腕に抱えていた紙包みの紐をするっと解き、中身を乱暴に取り出した。それは白い着物か何かのようだが――。

「白無垢ができあがったんだよ、樹生くん！　きみのためにあつらえた、美しい花嫁衣装がね！」

「花嫁、衣裳っ……？」

「なのに、きみは昨日ほかの男とキスをしていた！　だからもう、今すぐきみを僕のものにしなくちゃって思ったんだ！」

「キス、なんて、そんなっ」

濡れ衣だと言おうとしたが、昨日中庭でエドワードにキスをされたのは事実だ。まさかあれを見られていたのだろうか。

「おや、誤魔化そうっていうの？　可愛い顔して悪い子だねえ。そんな子には、たっぷりお仕置きしてやらないとねえっ！」

「やっ、嫌っ、やめてっ！」

ギラギラとした嗜虐的な目をして、高峰が樹生の体に圧し掛かってくる。

逃れようと暴れるが、体格差で勝る高峰はビクともしない。寝間着の帯を解かれ、引き剥くように脱がされて、慌てて両腕を振り回して抵抗しようとしたが、その腕を高峰につかまれてしまう。高峰がぐっと顔を近づけて、淫猥な笑みを見せる。

「なるべく大人しくしていたほうがいいよ、樹生。今の僕は抑えが利かないから、暴れると怪我をさせちゃうかもしれない。痛い思いをするのは、嫌だろう？」

「っ！」

脅すような言葉に一瞬ひるむと、高峰は樹生の体を乱暴に裏返してきた。そのまま両腕を後ろに回され、帯を使って縛り上げられて、恐怖で体が震える。

まさか高峰は、今この場で無理やり樹生を犯そうと――？

「た、かみねさん、こんな、嫌っ、嫌ですっ！　解いてっ！」

すすり泣きながら懇願の言葉を告げるが、高峰は答えず、ポケットから小さな鍵を取り出した。

「ふふ、泣かなくてもいいよ、樹生くん。いい子にしてたらちゃんと気持ちよくしてあげるから。いい子にしてたら、ね」

高峰が上ずった声で言って、樹生の体を横向き加減にし、局部を縛《いまし》める貞操帯の鍵穴に鍵を差し込む。

金属部分を外され、ペニスケースと革ベルト、そして後孔を覆うパットが順に取り除かれると、男性器型を挿れられた樹生の後孔が露わになった。それがよく見えるよう樹生の肢を開かせて、高峰が安堵したように言う。

「ああ、よかった。ここには触られていないみたいだ。きみの処女が奪われていたらどうしようかって、僕は心配してたんだ。あの金髪男が触れたのは、口唇だけかい？」

「うう、は、はい」

「本当に？　何だか向こうはかなりその気だったみたいじゃないか。前からの知り合いなんだろう？」

「そう、ですけど、でも僕には、そんな気は……！　あっ、あっ……！」

後孔から男性器型を引き抜かれ、緩んだ外襞を指でまさぐられて、嫌悪に眉を顰めた。

高峰が低い声で言う。

「きみのここは僕だけのものなんだ。ほかの誰にも触らせやしないよ。もしも触る奴がいたら……、二度と勃たないようにしてやるっ！」

「高、峰さっ……？」

高峰の声に、何やら偏執的な響きが感じられたから、底知れぬ恐怖に身がすくんだ。病的なまでの執着心に怯えていると、高峰が胸ポケットから小さなノズルのついたプラスチック容器を取り出した。

「今からきみの処女をいただくよ、樹生くん。きみは僕だけの、可愛い可愛い花嫁だ」

「あっ！　な、にを……！」

後孔にプラスチック容器のノズルを差し込まれ、中身をチュッと注入されて、その冷たさにゾクゾクした。一体何を入れられたのだろうと焦っていると、高峰が放り出してあった白無垢を拾い上げ、樹生の体にかぶせて後ろから抱きついてきた。

樹生の耳元に口唇を寄せ、耳朶を食むようにしながら、高峰が言う。

「綺麗だよ、樹生……。怖がらなくても、すぐによくなってくるからね？　その愛らしいお尻で僕を受け入れて、アンアン啼いてよがってごらん。きっとすぐに、僕なしじゃいられなくなるから……！」

「う、く、ゃ、い、や……！」

首筋や肩にちゅうちゅうと吸いつかれ、白無垢の上から体をいやらしく撫で回されて、嫌悪で吐きそうになる。

これからこの男に体を犯され、この先ずっと慰み者にされるのだ。旅館を守るためとはいえ、こうして実際にその段になってみるとおぞましさが募る。大声で叫んで助けを呼べば、誰か気づいてくれるのでは。

そう思い、深く息を吸い込んだのだが――。

「ああ、効いてきたね。ほら、きみの可愛いのが勃ち上がり始めてるよ？」

「なっ？」

高峰が白無垢の下に手を入れ、樹生の局部をまさぐりながら言った言葉に、心底驚かされる。縛られて触られ、吐き気がするほど気分が悪いのに、何故だか樹生の欲望は熱を持ち、徐々に頭をもたげ始めている。体も妙に火照ってきて、耳の中で心拍がドクドクと大きく脈打つのが聞こえてきた。

樹生の体は、意思に反して性的に昂ぶっているようだ。

「や、なっ、どう、してっ……」

「ふふ、興奮してきた？　お尻にちょっとしたお薬を挿れたんだけど、ちゃんと効いているみたいだねえ」

「く、薬っ？」

「闇で手に入れた最高の媚薬だよ。訳が分からなくなっちゃうくらい、気持ちよくしてあげるね？」

「ひっ！　ぃ、やっ、ダメっ、擦っ、ちゃっ！」

「ビヤク」というのが何なのか分からなかったが、勃ち上がってしまった自身に指を添わされ、いやらしく扱き上げられると、信じられないくらい強い快感が走った。

こんなことをされるのは嫌でたまらないのに、腰がひとりでにビクビクと揺れる。高峰が嬉しそうな声で笑う。

「あはははっ、お尻振っちゃって、樹生は可愛いねえ！　ああ、もうきみと繋がりたいっ、我慢できないよっ！」

高峰が叫んで白無垢を剥ぎ取り、樹生の双丘を高く上げさせる。ズボンのベルトを緩めるカチャカチャとした金属音に、絶望的な気持ちになる。

「ごめんね樹生。初めてだし、ちょっと痛いかもしれないけど、僕もうこらえられないんだっ！　きみがあんまり可愛いから、僕は――――！」

高峰が言いかけたそのとき。

部屋の入り口のドアのほうから、ガチャリと鍵をこじ開ける音が聞こえてきた。背後で高峰が息をのむのが聞こえたのに続いて、部屋のドアがバンと開け放たれた。

「ミキ、大丈夫かっ？」

「ミキ……！」

「……！　この下種《げす》がっ！　樹生から離れろっ！」

怒号のようなエドワードの英語が響いたと思ったら、高峰が樹生の体から引き離された。

「なっ、クソッ、放せっ、放せえっ！」

高峰が抗おうと何か声を発しながら暴れたが、間髪入れずガッと鋭い音がして、その小

太りな体が畳の上にドスンと落ちた。

見上げると、アンドレアが見たこともないほど険しい顔をして拳を握り締めている。どうやら高峰は殴り飛ばされたようだ。目を丸くしている樹生の傍らにハッサンが膝をついて、腕を縛めていた帯を解きながら訊いてくる。

「ミキ、大丈夫ですかっ？　どこか痛いところはっ？」

「だ、大丈夫、です」

「よかった。間一髪間に合ったようだな」

エドワードが言って、さっとジャケットを脱ぎ、樹生の裸身を覆い隠すようにかけてくれる。

その温かさに、ようやく助けられたのだと実感した。背中を打ったのか呻き声を上げている高峰に、エドワードが冷たい声で告げる。

「高峰、という名だったな。おまえの悪行はすべて調べがついている。関係各所にはすでに情報を流してあるから、今日にでも捜査機関が動くだろう」

鋭い口調のエドワードの言葉は、流暢な日本語だった。高峰がその意味に気づいてギョッとした顔をする。

「樹生は我々がいただいていく。もう二度と、樹生の前に姿を見せるな！」

威圧感のある声音に、高峰が何か言いたげにパクパクと口を動かす。

だが結局何も言えずに、高峰は転げるように部屋を飛び出していった。

「……なるほど、つまり『ビヤク』とは、媚薬のことなのか。日本語はそれなりに勉強したが、さすがに知らない言葉だったな。二人は詳しいのか？」

「情交を楽しむためのエッセンスの存在自体は、いくつか知っていますよ。使ったことはないですがね」

「俺もないな。でもたぶんミキが体に挿れられたのは、少し前に西海岸で流行ってたやつだと思うぜ。日本でどのくらい出回ってるかは知らないが、作用としては同じだろう。自分でもコントロールできないくらい、体が強く反応する」

「そうか。そんなものを使い、体を縛ってもてあそぼうとは、あの男許せんな」

三人が話し合う声が、樹生の耳にうつろに響く。

傍にいるのに、何だか言葉がまともに頭に入ってこない。結局のところ「ビヤク」というのは、麻薬のようなものなのだろうか。そのせいで性的な興奮を引き起こされてしまっているのか――――？

『騒ぎが大きくなる前に樹生を離れに連れていこう。薬が抜けるまで俺たちで処理してやったほうがいい』

樹生が高峰にされたことを説明すると、アンドレアが何か思い至ったような顔をして、何故だか声を潜めてそう言った。

そのまま寝間着を着せられて本館から離れへと移動させられ、和室の布団に寝かされて三人の話をぼんやりと聞いているのだが、その間にも、樹生の体はどんどん熱くなっていた。心拍は激しくなり、自身もはしたないほどに硬く形を変えてしまっている。三人が傍にいなければ、今すぐ自分の手で慰めてしまいそうなくらいに。

(でも、まさかそんなこと、できないし)

理性がぐらつきそうになるほど下腹部が疼いているが、それを知られることすらも恥ずかしい。このままこうして寝ていれば、そのうち収まってくれるだろうか。

そんな淡い希望を抱いていたのだが。

「樹生、具合はどうだ？　やはりまだ、その……、昂ぶっているか？」

エドワードに訊ねられ、ドキリとする。樹生は曖昧に答えた。

「だ、大丈夫です。このまま寝ていれば、たぶんそのうち……」

「残念だがそうはならないぜ、ミキ。きちんと手当てしないと、あとが苦しい」

「手、当て？」

「心配いらないですよ、樹生。私たちにはどうすればいいか分かっています。私たちが、あなたを助けてあげますから」

（助けて、もらえる？）

アンドレアとハッサンの言葉に、安堵感を覚える。手当ての方法があるなら何であれしてほしい。樹生は頷いて言った。

「そう言っていただけて嬉しいです。実はちょっと、苦しくて」

「だろうな。よし、じゃあ始めよう。剥がすぞ？」

「え……？」

アンドレアが樹生のすぐ脇に来て、いきなり上掛けを剥がしてきたので、勃ち上がった局部を隠そうと体を丸めた。その動きだけで下腹部がジンと震え、妙な声が出てしまう。

ハッサンがアンドレアとは反対側に膝をついて、気遣うように言う。

「ああ、だいぶ感じやすくなっているようですね。でも不安になることはないですよ、ミキ。薬さえ抜ければ楽になりますから」

「つ、あ、待って、触らなっ」

アンドレアに寝間着の上から背中を、そしてハッサンに肢を、さするように撫でられて、ピクリと体が震える。皮膚に触れられただけで背筋がゾクゾクして、下腹部がキュウキュウと収縮したから、驚いて身悶えた。樹生は慌てて訊いた。

「あ、のっ、手当てって、一体何を、するんです？」

「あなたは薬のせいで昂ぶっている。昂ぶりが収まるまで、悦びを与え続けます」

「悦び、って？」

「オーガズムを得られるよう、俺たちが手助けしてやるんだ。自分でするくらいじゃ、たぶん足りないからな」

「そ、そんな！」

　ハッサンとアンドレアが発した言葉が信じられなくて、驚愕する。

　まさかそんなことをされるなんて思わなかった。いくら薬で興奮しているからといって、こちらにも羞恥心というものがある。

「む、無理です、そんなのっ！　僕、恥ずかし……！」

　あり得ない事態におののき、さらに体を丸めると、樹生の足元のほうにひざまずいたエドワードが毅然とした声で言った。

「樹生、聞いてくれ。きみを今の状態から助けるには、そうするよりほかに方法がないのだ。それどころか、おそらくきみのもっとも秘められた場所をも、余さず暴かなければならないだろう」

「な、んっ？」

「だが、我々はあの男とは違う。決して邪《よこしま》な気持ちでそれをするわけではないことを理解して、どうか安心して身をゆだねてほしい。決してきみがつらくなるようなことはしないと約束するよ」

「エド、ワード」

もっとも秘められた場所を、暴く。

それはもしかしたら、高峰がやろうとしたことと同じなのかもしれない。男であるのに女体のように扱われるのだとしたら、正直恐怖しか感じない。

だが、エドワードの真摯な目と真っ直ぐな言葉には迷いがない。ほかの二人からも、高峰に感じた気持ちの悪さは覚えなかった。

（信じてみるしか、ない……？）

三人が信頼のおける男性たちだというのはよく分かっている。こんなことを頼めるのも、きっと彼らだけだろう。樹生はごくりと唾を飲んで、小さく頷いた。

「……分かりました。お願い、します」

そう言っておずおずとシーツの上に仰向けになると、エドワードが穏やかに言った。

「我々を信じてくれてありがとう、ミキ。では膝を立てて、ゆっくりと肢を開くんだ」

「は、い」

言われた通りにすると、寝間着の裾がはらりと開いた。樹生の下腹部が後孔の辺りまでむき出しにされ、三人の目に曝される。自分では見たくなくて顔を背けると、ハッサンが労わるように樹生の髪を撫でながら、優しく訊いてきた。

「あなたのここに触れても、大丈夫ですか？」

「だ、いじょうぶ、です」

頬が熱くなるのを感じながらも答えると、ハッサンが二人に頷いた。

誰が触れているのか分かるのはいたたまれないと思い、ギュッと目を閉じると、三人のうちの誰かの温かい手が、樹生の雄に触れてきた。

「……っ、あっ、ああっ」

指の腹でそそり立った茎をやわやわと撫でられてから、指を絡めてそっと扱かれ始めて、それだけで腰がビクビクと跳ねた。

樹生はさほど性欲が強いほうではなく、ごくたまにしか自分を慰めることもないのだが、触れられて感じる快感はそれとは比べ物にならないほど強い。

これも薬の作用なのだろうかと焦りながら考えていると、不意に幹を扱く指をキュッと絞られた。瞬間、腹の底でパンと欲望が爆ぜた。

「あっ、アッ……！」

「……おっと。もう気をやったのか？」

「とても感じやすくなっていますね」

「思いのほか強烈だな、媚薬の効果というのは」

パタパタと腹に落ちる熱い液体と漂う青い匂い。そして三人の驚いたような声。

あまりにも呆気なく射精してしまったことに、自分でも信じられない思いだ。悦びに震えながら薄目を開くと、エドワードが蜜液に濡れた指先をハンカチで拭い、樹生の寝間着の帯を解いてきた。

そのまま寝間着を脱がされ、むき出しになった胸を眺めて、アンドレアが言う。

「ああ、胸も硬くなってるな。こうするとどうだ、ミキ？」

「ぁっ、はあ……！」

知らぬ間にツンと勃ち上がっていた乳首を指先でつままれ、思わぬ甘い声が洩れた。

そんなところが感じるなんて思いもしなかったが、そこを刺激されると体の芯にビリビリと電流のような快感が走って、勝手に腰が揺れる。どうしてか腹の底がジンと熱くなって、たった今精を放ったばかりの欲望もまたガチガチに硬くなり、ビンビンと跳ねてしまう。

「な、んでっ？　今、達《い》ったばかり、なのにっ……？」

「言ったろ、自分でするくらいじゃ足りないって。まだまだ体が燃えてるだろ？」

「そ、れは……、あ、んんっ……」

確かに、一度達したはずなのにまだ体は切ないくらい昂ぶっているし、それはアンドレアに胸を刺激されているせいばかりではないようだ。自分の体なのに自分ではないような反応に、どうしていいのか分からず混乱する。

「これは長丁場になりそうですね……。香油と指を使って、早々に中からも慰めてあげたほうがいいのでは？」

ハッサンの思案げな言葉に、エドワードが頷く。

「そのようだな。だがこの分では、おそらく指だけでは……」

「なあに、三人いるんだ。より強い刺激が必要なら、俺たちが順に慰めてやればいい。二人とも、男との経験くらいあるだろう？」

「……っ！」

こともなげなアンドレアの言葉にギョッとさせられる。順に慰めるって、それはやっぱり――。

「今のところは、それは最後の手段としておこう。まずは続けるぞ、樹生。何度でも気をやるがいい」

「エドワード……、はぁっ、待ってっ、ああっ、ああ！」

エドワードがまた樹生自身に触れ、指で優しく扱き始める。

思わずまた目を背けたが、達したばかりのそこはさらに敏感になっていて、摩擦されるたび腹の底がキュッキュと収縮する。切っ先からは名残の白蜜と透明液とがトプトプと溢れ、エドワードの手をいやらしく濡らしていくようだ。

「えっ……！」

恥ずかしさを誤魔化したくて、瞼をギュッとつむってみたが。

開かれた狭間にいきなり何かトロリとした液体を垂らされたので、驚いてそちらを見た。ハッサンがガラスの瓶を手にして、中身を樹生の狭間に垂らしている。液体からはいつもハッサンの体からほんのりと香っている、ややスパイシーな花のような匂いがする。

「これはボディをケアするための香油で、何も害はないですよ、ミキ。これを使って前だけでなく後ろも中から可愛がってあげましょう」

「後ろを、中から？」

そういうことをされるのだろうと分かってはいたが、そこに触れられるのはやはり不安だ。それが顔に出てしまったのか、ハッサンが気遣うように訊いてくる。

「おや……？　ミキ、今までにここを使ったことや、ここに触れられたことは？」

「……ずっと、男型を挿れられていました。一度だけ、動く玩具を中に挿れられましたけど……、それだけ、です」

「そうなのか？　ではあの高峰という男とは、まだ……？」

「は、はい。祝言のときまでは、と」

「ん？　じゃあミキは、もしかしてまだヴァージンだってことか？」

「そ、そういう言い方が、正しいのならですが」

ハッサンに続いてエドワードとアンドレアまでが、何故だか食いつくように訊いてきたので、いくぶん気圧されながら答えると、三人が互いに顔を見合わせた。

それからアンドレアが、どこか甘い笑みを見せて言う。

「そういうことなら、より丁寧に体を開いてやらないとな。俺は胸のほうをもう少し本格的に攻めてやろう。リラックスしていてくれ、ミキ」

「あ、あのっ……？　あぁ、あっ！」

アンドレアがいきなり胸にキスをして、舌先で硬い乳首を舐《ねぶ》り出したので、ビクンと上体が跳ねた。

ただでさえ感じまくっているのに、ぬめる舌でもてあそぶように転がされて、ゾクゾクするほどの快感が体を駆け抜ける。ハッサンがそれを見ながら、指先で狭間をなぞる。

「中に指を挿れます。力を抜いていてください」

「あうぅっ、や、ハッサンっ、指、ぃや！」

オイルで濡れた指を後孔に挿れられて、硬い異物感に冷や汗が出た。そのまま中を確かめるようにうねうねとまさぐられ、胃がキュッと締めつけられる。エドワードが樹生自身を優しく扱き上げながら、なだめるように言う。

「最初は気分が悪いだろうが、少し耐えてくれ。こちらに意識を向けてごらん」

「ぁあ、んん、んっ」

「あなたの気持ちのいいところはどこでしょうね。この辺りでしょうか？」

ハッサンが言いながら、指を二本に増やして、香油を絡めながらぬちゅぬちゅと内腔を掻き回す。卑猥な水音と、体の中を弄られている感覚に、泣きそうになった次の瞬間。

「……ひ、ひうぅっ！」

「ああ、ここですね？　こうするといいでしょう？」

「ひぃいっ、ぃ、やっ、そこ、やああっ！」

ハッサンの指が中のとある一点を探り当て、そこをなぞり始めた途端、樹生は濡れた悲鳴を上げた。

後孔の中にひどく敏感な場所があり、指先で優しく撫でられると声が裏返るほどに感じてしまう。男性器型を挿れられていたときにはまったく気づかなかった場所だ。

前を扱かれる快感とも、乳首を舐められて感じるそれとも違う、初めての感覚。まるで内から欲望を煽られているかのような、今までに味わったことがないほど壮絶な快感が、樹生の体の芯を揺さぶる。

エドワードには自身を、アンドレアには胸を、そしてハッサンには中を、それぞれ同時に愛撫されて、樹生の腹の奥で悦びが爆発する。

「あああ、出、るっ、また、出、ちゃっ……！」

裏返った声で叫んだ瞬間、樹生の先端からまた白濁がドクドクと溢れ出してきた。

「おお、きつい締めつけだ。指が千切れてしまいそうですよ！」

「ああ、あっ」

ハッサンの言葉に赤面する。絶頂に達しながら、樹生の後孔がリズミカルに収縮して、ハッサンの指をいやらしく締めつけているのだ。そしてそのたびに体に甘い喜悦が湧いてきて、ぶるぶると全身がわななく。

自分ではどうしようもないまま、とめどなく精液を吐き出す樹生を眺めて、エドワードが言う。

「先ほどより蜜の量が多いな。薬のせいもあるのだろうが、樹生は後ろでも極めることができるようだ。何とも甘い体をしているのだな」

「こっちもヒクヒクしてるぜ？　ミキの乳首、まるでジェリービーンズみたいだ」

「ひっ、ゃ、吸わ、な……！」

絶頂の余韻が続く中、アンドレアに乳首に吸いつかれ、舌で押しつぶしながら舐られて、息が弾む。立て続けに二度も達したのに、そうされるだけで腹の中が痺れる。樹生自身もまだ形を保っていて、昂ぶりが収まる気配は微塵もなかった。

それどころかゆっくりと大きな波が寄せるように、また頂の予兆が迫ってきて――。

「ぁ、あひっ！　ダ、ダメえぇっ！　ヘンに、なっちゃぅうっ！」

「おや、内筒が蠢動していますね。ミキ、胸だけで達きそうなのですか？」

「わ、分かっ、らなっ、ああ、ひああっ……！」

アンドレアに乳首を甘噛みされた途端、つま先から頭の天辺までビリビリと震え上がるような悦楽が駆け抜け、視界が真っ白に弾けた。

息つく暇もなく迎えた三度目の絶頂。エドワードが微かな驚きを滲ませて言う。

「ほう、胸だけで達したか。もはや止まらぬようだな」

「中の震えも止まらないですよ。熱く蕩けて、潤んでいます」

「うう、うっ、ゃあ、あっ」

中を確かめるように指をくるりと回され、そのまま引き抜かれただけで、涙が出るほど感じてしまう。アンドレアが樹生の胸から顔を上げ、艶っぽい笑みを浮かべて言う。

「すっかり体が熟れ切ってるな。そろそろ繋がって、一気に畳みかけたほうがいいんじゃないのか？」

「そう思うか？　ハッサンの意見は？」

「そうですねえ。あまり長く時間をかけると、かえってミキを消耗させてしまう。中から刺激したほうが早いかもしれませんね」

「しかし、樹生は初めてだ。慎重にしたほうがいいのではないか？」

劣情に震える樹生を前に、三人がそれぞれに意見を言い合う。とても気遣ってくれているのが伝わってくるが、その声は水の中で聞いているみたいに遠い。

(何だかもう、何も考えられない……)

これ以上醜態を曝すのは嫌だと思うのに、腹の中が熱く燃えている。もっと触れてほしい、三人の手で感じさせてほしいと、そんな浅ましい欲望ばかりが募ってきて、まともな思考がかすんでいくようだ。

樹生は意思の自由を失ったように、情けない声で哀願した。

「おね、がい、もっ、助、けて」

「樹生……」

「な、か、熱、いっ、ジクジク、してっ……」

悲痛な響きを持った樹生の言葉に、エドワードがおお、と喘ぐような声を洩らす。アンドレアが促す。

「抱いてやろうぜ、エド。可愛そうだ」

「そうですね。あなたがどうしても気が進まないと言うなら、私とアンドレアで……」

「いや、大丈夫だ。私のほうには問題はない」

エドワードが遮って言い、それからこちらを見つめて訊いてくる。

「……だが、私は樹生に今一度訊いておかねばならない。きみは本当に信じてくれるのか、私が邪な感情でこれをするわけではないと？」

「エド……？」

アンドレアが怪訝そうな顔をする。どうして今更念を押すようにそんなことを訊くのだろうと樹生も一瞬思ったが、たぶんそれは昨日のエドワードの告白のせいだ。チャンスとばかりに飛びつくのではないと、そう伝えたいのかもしれない。

樹生は頷いて、エドワードに答えた。

「分かって、いますからっ。だから、もうっ……！」

「ありがとう、樹生。すぐに楽にしてやる」

エドワードが言って、アンドレアとハッサンに視線を向ける。

「結局こうなってしまったな。私が最初でも、かまわないか？」

「私はかまいませんよ、エド。樹生に優しくしてくださるなら」

「俺も異存はないぜ。サポートするよ」

アンドレアが答え、ハッサンと視線を交わし合う。

二人が左右から樹生の肢を持ち上げ、腰を浮かせるようにすると、エドワードが衣服の前だけを緩め、樹生の露わな狭間に身を寄せてきた。

「あ、あっ……！」

ハッサンの手で緩められた後ろに、熱くて硬いものが押し当てられたのを感じて、身震いする。そこにそれを繋いで中を擦り立ててほしいなんて、自分がそんなはしたない欲望を感じているのが信じられなくて、まなじりがつっと濡れる。

樹生の双丘に優しく手を添えて、エドワードが気遣うように告げてくる。

「きみの中に入るぞ、樹生。力を抜いて、楽にしているんだ」

「は、い……、はぁあっ、あぁぁあっ――――」

後ろを熱杭のような雄で貫かれた瞬間、また絶頂に達したのを感じたが、同時に理性の最後の糸も切れたようだった。記憶すらもまともに残らないほどのとめどない快楽の渦に、樹生はずぶずぶとのみ込まれていった。


それから、数時間後。

「……ああ、目覚めたか、ミキ。具合はどうだ？」

「どこか苦しいところは、ありませんか？」

トロトロとした浅い眠りから目覚めると、傍らにアンドレアとハッサンが座っていた。

横たわっているのは離れの和室だ。一瞬何がどうなっているのか分からず、慌てて起き上がろうとすると。

「あうっ！」

腰に甘苦しい痛みが走り、顔をしかめて喘いでしまった。起きかけた樹生の体をアンドレアが優しく布団の上に戻し、穏やかな声で言う。

「無理せず横になってたほうがいいぜ。かなり体を酷使したしな」

「そうですよ、ミキ。あなたは本当によく頑張りました。よければ何か飲みますか？」

ハッサンが小首を傾げて訊いてくる。二人とも、至って普通の態度なのだが――――。

（……三人と、セックスしちゃったんだよね、僕……！）

改めて考えてみると、とても現実とは思えない。だが腰の痛みと全身の倦怠感、そして下腹部に微かに残る疼痛《とうつう》は、決して夢でも幻でもない。

樹生は憧れと尊敬の念を抱いていた三人の前ではしたなく乱れ、三人に抱かれたのだ。己が醜態を思い出すと消え入りたくなってしまう。

いたたまれず黙ってしまった樹生に、ハッサンが笑みを見せて言う。

「エドワードから大体の事情は聞きましたよ、ミキ。お金のことなら、私に相談してくればすぐに融通したのに」

「まあそう言うなよ、ハッサン。きっと樹生なりの矜持があったんだろうさ。お家事情なんて、よほど親しくなきゃ話さないだろ？」

アンドレアが言って、肩をすくめる。

「だが、まあ少しは相談してくれてもよかったな。エドが気にして調べてなきゃ、助けに行くこともできなかった。俺たちの大事なミキが、知らぬ間にあんな男にいいようにされていたかと思うとゾッとするぜ」

「お二人とも……」

二人の言葉からは、気遣いと安堵感が滲む。二人はもちろんエドワードも、樹生のことを本当に心配してくれているのだろう。事情を話していたら、力になってくれていたかもしれない。

「あの、エドワードは……」

「ミキのお父君を迎えに行っていますよ」

「えっ、父をっ？」

「さすがに黙って見ていることはできないと、エドがそう言ってな。あの男のことも話すと言ってた。ミキが目覚めてからでいいじゃないかって、俺は言ったんだけどな」

「そう、ですか」

　旅館の後を継いだこともあり、療養中の父に心配をかけたくなくて、この一年の間にいろいろとあったことは黙っていた。まさかこんな形で父の耳に入ってしまうなんて。

「ああ、戻ってきたようですね」

　ハッサンの言葉に、樹生は腰をかばいながら布団の上に起き上がった。

　離れの玄関が開いた音が聞こえ、それから廊下に杖をついて歩いてくる足音。やがて襖が開いて、父が姿を見せた。

「……樹生……、おまえは、何をやっているんだっ！」

「父さん……」

　狼狽した様子の父に続いて、歩行を支えていた様子のエドワードも部屋に入ってくる。

エドワードが体を支える間もなく、父はへなへなと畳に膝をついてしまった。そして嘆くように言う。

「こちらのお客様から事情は聞いた。高峰に騙されたと、何故父さんに言わなかったっ？」

「そ、それは……」

「その上、祝言だとかなんだとか、破廉恥な約束までさせられていたとは……！　親父から受け継いだ大事な旅館だが、俺は息子を犠牲にしてまで存続させたいとは思わんぞっ？　おまえは俺を、そんな親だと思っていたのかっ？」

「父さんっ……、ごめんなさい、ごめんなさい……！」

自分の不甲斐なさが情けなくて、涙が出てくる。エドワードが流暢な日本語で言う。

「どうか樹生を怒らないでやってください、お父上。彼はあなたを心配させたくなくて、困難な状況を黙っていたのです」

「しかし……！」

「この旅館を何としても守り続けていきたいという強い気持ちが、樹生にはあるのでしょう。代々受け継がれてきたものを守ることの意義や責任の重さなら、私にも分かるつもりですよ？」

エドワードがそう言って、父の目を見て続ける。

「私は樹生を大切な友人だと思っています。そしてこの旅館で上質なサービスを受けて、樹生を助けたいと、心からそう思いました」

「樹生を……？」

「私や、そこにいる二人の友人は、経営や投資の知識と経験を持っています。この旅館を存続させられるだけの資金と人材を、今すぐ用意することもできる。どうか我々の援助を受けてはいただけませんか？」

（三人が、援助をっ？）

思わずハッサンやアンドレアを見回す。日本語だが、二人にもエドワードの話していることが分かっているのだろう。樹生を安心させるように頷いてくれる。

三人がそんなことを言ってくれるなんて思わなかったし、それは確かに願ってもない申し出だが――。

「申し訳ないが、その提案は受け入れられない。そんな義理はないからな」

「お父上、しかし」

「正直なところ、旅館経営はそろそろ限界だと思っていた。たとえ資金があったとしても、狭い町だ。高峰や樹生のことも噂になるだろう」

父が言って、きっぱりとした声で続ける。

「明月館は、閉めることにする。樹生、すまないな」

そう言う父の顔には、苦渋の色が見える。樹生は何も言い返すことができなかった。

その日の午後のこと。

旅館を出発するエドワードたち三人を見送りに、樹生は本館の表玄関まで出てきた。

車寄せには、黒塗りのハイヤーが三台。多忙な三人は、これからそれぞれの仕事の目的地へと旅立っていく。本当にこの一泊のために予定を合わせてくれたのだなと実感して、申し訳ない気持ちになる。

樹生のプライベートに巻き込んだせいで、貴重な休暇を台無しにしてしまったようで――。

「見送りに来てくれたのか、樹生？」

離れから一番にやってきたエドワードが、樹生に声をかけてくる。

ビジネススーツ姿のエドワードは、これから香港で開催される会合に出席するらしい。

樹生は深々と頭を下げて言った。

「……エドワード、いろいろとありがとうございました」

「こちらこそありがとう、樹生。旅館の助けになれなくて残念だが、もしも私で役に立てることがあれば何でもしよう。いつでも遠慮せずに連絡してほしい」

エドワードが言って、それからほんの少しためらってから続ける。

「……昨晩は、金がどうこうと配慮のないことを言って悪かった。きみを嫌な気持ちにさせてしまったな」

「いえ、いいんです。お気になさらないでください」

「その、あんな言い方をしてしまったが、私のきみへの気持ちは、本物で――」

「……ああ、そこにいたのかミキ！　帰る前に会えたな！」

「よかったです。あのままお別れなんて、寂しすぎますからね」

エドワードが昨日の告白の続きをしかけたところへ、アンドレアとハッサンがやってきた。

　エドワードには悪いが、いいタイミングだ。想いを告げられたところで、今の樹生には応えられないのだから。

「アンドレア、ハッサン。お二人もありがとうございました。これからどちらへ？」

問いかけると、カジュアルだが洒落た服装のアンドレアが答えた。

「俺はトルコだ。うちのカジノ船が初めて寄港する街で、ちょっとしたセレモニーがあってな」

「私は国の文化交流事業で南アフリカへ行く予定でしたが、所用でいったん本国に戻ります。王族専用機が迎えに来ていますので」

ハッサンが言って、樹生に問い返してくる。

「樹生は、これからどうするのです？」

「僕、ですか……？」

それが今日明日の予定を訊いているわけではないことは、他の二人にも樹生にも分かった。憂うような目をしてこちらを見つめているエドワードと、さりげない気遣いの伝わる表情のアンドレアにも答えるように、樹生は言った。

「残念ですが、旅館を閉める以上、何か違う仕事を探さないと。どこかのホテルで雇ってもらえたらいいですけどね」

本音を言えば、まだ何も考えられない。でもこれ以上三人を心配させたくないので、あえて黙っておく。

樹生は精いっぱいの笑顔を見せて告げた。

「明月館にご宿泊いただき、ありがとうございました。お気をつけてお出かけください」


（皆さん、もう飛行機に乗ってるのかな）

三人を送り出したあと、その日の宿泊客を迎え入れ、夕食の準備も整いつつある夕刻。

樹生は暮れゆく空を見上げながら、三人のことを考えていた。

明月館は閉めるという父の決意は揺るがなかったが、せめて何か少しでも手助けをさせてほしいという三人の紹介で、債務整理に詳しい弁護士に現状を相談することになった。今後は高峰の言いなりにならなくてもよくなったのは、本当に助かる。

高峰に体を奪われるはずが、彼らに抱かれてしまったのも、避けがたいアクシデントのようなもの。三人の至って平静な態度から、樹生もそう考えていればいいのだろうと思っている。

(助けてもらってばかりだな、僕は)

今回のことは、すべて樹生の若さと未熟さゆえの失敗。父はそう言ってくれたが、三人や父に助けてもらった恩はいつか必ず返したい。そのために自分に何ができるのか。

そしてまた、自分を想っていると言ってくれたエドワードに応えることはできなくても、せめて想いを寄せてもらうに足る自分になりたい。そうなるためには、どうしたら。

考えるのはそんなことばかりだ。今すぐに答えは出ないのだから、ゆっくり模索していくしかないのは分かっているのだけれど。

「……？　あの車、うちに来るのかな……？」

温泉郷を通る山沿いの道から明月館に向かって伸びている細い道を、一台の車がこちらに向かって走ってくるのが見えたので、樹生は訝った。

今日の予約客は皆チェックインをすませているはずだ。もしや飛び込みの客だろうか。

だが、近づいてきた車は黒塗りの高級車で、ナンバープレートも外国の大使などが使う車のものだった。そしてその後部座席には――――。

「え……、ハッサン？」

見慣れたエキゾチックな容姿と、白いアラブ装束。樹生の目の前に停まった車には、数時間前に見送ったはずのハッサンが乗っていた。

「ハッサン、どうなさったのですか？　何かお忘れ物でも？」

後部座席のドアが開いたので、中を覗き込んで訊ねると、ハッサンがにこやかに微笑んで答えた。

「ええ。あなたをね」

「……は？」

訊き返した瞬間、ハッサンが香水のディスペンサーのようなものを樹生の顔にシュッと吹きつけてきた。

「うぅ、な、何を……！」

不意を衝かれて吸い込んだ途端、ガクンと膝が落ちた。

樹生の体を抱きとめて車に乗せながら、ハッサンが穏やかな声で言う。

「エドから聞きました。私の花嫁として彼があなたに告白したと。だから私は、あなたを国に連れていくことにしました」

「……、な、にを、仰って……？」

「ミキには想いを告げないという約束を破ったのは、エドです。だから私も、もう自分の感情に素直になることにしたのですよ」

「……っ？」

ハッサンの言葉が、頭の中で飛散していく。樹生は訳が分からぬまま、ハッサンの腕の中で意識を失っていた。

■■■

どこからか、甘い香りが漂ってくる。

樹生は薄く目を開いてその正体を探ろうと息を吸い込んだ。

『お目覚めでいらっしゃいますか、樹生様？』

「……、え……、えっ？」

ベッドに横たわっている樹生の傍らで、甘い香りのするアロマキャンドルに火を灯している男の姿に、おかしな声が洩れる。

頭にヘッドスカーフを被り、白い立ち襟のチュニック状の衣服をまとった男が話したのは、アラビア語ではないか。

ドッと冷や汗が出てくるのを感じながらベッドから跳ね起き、大きな窓に駆け寄る。

樹生が寝ていたのは、周囲を高い塀に囲まれた城塞のような建物の二階か三階の部屋で、窓からは澄んだ青空と、どこまでも続く砂漠の風景が見渡せた。

信じたくないし、あり得ないと否定したくなるが、ここはもしかして。

「……おお、ミキ！　目が覚めたのですね？」

聞き慣れた声の英語で話しかけられ、部屋の入り口のほうを見ると、そこにはアラブ装束姿のハッサンが立っていた。樹生の傍らの男は召使いのようで、ハッサンが命じるとスッと下がった。ハッサンがにこやかに微笑みながらこちらへやってきて、ベッドに腰かけて甘い声で告げる。

「おはよう、ミキ。私の麗しい花嫁。あなたの寝顔はとても可愛かったけれど、ずいぶん眠っていたので少し心配していました。日本を出国して飛行機に乗っている間も、首都からこの城へと連れてくる間も、一度も目を覚まさなかったのですからねえ」

「飛行機、って……、じゃあやっぱり、ここはっ……？」

「私の国、ラシード王国です。ここは私の領地にあるごくプライベートな城ですよ。あなたと新婚生活を過ごすのには、最適の場所です」

「新婚生活っ？」

驚愕するしかない言葉の数々に気が遠のくが、もはや疑う余地はない。

樹生は旅館の前でハッサンの車に乗せられ、そのまま日本から連れ去られて、ハッサンの母国であるはるか中東の小国、ラシード王国の砂漠の城まで連れてこられたのだ。

王族であるハッサンの、「花嫁」として――。

「ちょ、待ってください、ハッサン！　花嫁ってその、あなたは、僕のことを……？」

「ええそうですよ、ミキ。私も、そしてアンドレアも、エドに負けないくらいあなたに惹かれていました。だから私たちは、少なくとも旅の間はそれを口に出すことはしないと約束していたのです」

そう言ってハッサンが、困った顔をする。

「なのにエドは、約束を守らずあなたに想いを告げた。ならばもう、私が約束を守り続ける必要はないでしょう？　あなたを花嫁としてここへ連れてこられて、私はとても嬉しく思っていますよ？」

至極当たり前のことのようにそう言い、樹生の手を取って口づけるハッサンに、唖然としてしまう。エドワードだけでなくハッサン、それにアンドレアにまで、そういう意味で好かれていたとは思わなかった。その上いきなり連れ去るなんていくらなんでもやり方が強引すぎるだろう。樹生はためらいながらも言った。

「ハッサン、あの……、僕、困ります！　いきなりあなたの花嫁に、なんてっ」

「おや、何故です？」

「えっ？　だ、だってそのっ、僕は、あなたのことを……」

「ああ、あなたの気持ちはあとからでいいのですよ。何故なら私があなたを想う気持ちは、海よりも深いのですから」

　ハッサンが言って、こともなげに続ける。

「第一、大事な旅館のためにならあんな男の花嫁になってもいいというくらいだ。あなたのことを本心から愛している私のものになるのに、それほど抵抗はないはずでしょう？」

「そ、そんな……っ」

「もちろん、私はあの男とは違いますよ？　ミキと全身全霊で愛し合い、生涯伴侶として添い遂げたいと、そう思っています。これからたくさんの時間をかけて、必ずミキを振り向かせてみせる。身も心も、私がたっぷりと悦ばせてあげましょう」

「……なっ、ちょっ、ハッサンっ？」

　ハッサンがキスでも迫るようにぐっと身を寄せてきたので、驚いて仰け反ると、そのまま胸を合わせられて体重をかけられ、ベッドの上に押し倒された。

　樹生のまとっているローブ状の寝間着の紐をほどきながら、ハッサンが言う。

「愛していますよ、樹生。私に抱かれて、私だけのものになりなさい」

「ハッサン、ま、待って、待ってくださいっ……！」

いつになく強引なハッサンに、微かな畏怖の念を覚える。

優美な表情は変わらないのに、その目にはまるで征服者のような強い意気が滲む。衣服越しに感じるハッサンの体躯からも、強烈な覇気が感じられた。

今までさほど意識したことはなかったが、ハッサンは王族という特権階級の人間なのだと、改めて実感させられてしまう。

(でも、このまま抱かれちゃうのは駄目だ！)

あまりのことにパニックになりそうだが、とにかく一度この場を逃れて、今の状況を整理したい。樹生はあわあわと言った。

「ハッサン、あのっ、その前にお風呂！　僕、お風呂に入りたいです！」

「……お風呂、ですか？」

「だって日本からは長旅で、きっと汗もかいていますし！　大事なお話は、それからでも……！」

樹生のとっさの言葉に、ハッサンが少し考えるような顔をする。そんな理由で行為を拒めるのだろうかと、樹生自身かなり疑わしく思ったのだが――――。

「おお、なるほど！　花嫁として、そして温泉旅館の主人として、わが城の湯殿を一番に試してみたい。そういうことですね？」

「え、えっ？」

「よろしい。すぐに用意させましょう。ミキは明月館で私を歓待してくれました。今度は私が、あなたをおもてなしする番です！」

そう言うハッサンは、何だか無邪気でとても楽しげだ。ある意味天然なところがあるハッサンの性格に助けられたが、同時に思い込んだら止まらない怖さも感じる。樹生は顔が引きつりそうになるのを、必死にこらえていた。


「……どうしよう、これから」

ハッサンの城の広い湯殿で、何かの薬草のような香りがする湯に浸かりながら、樹生は先ほどから頭を抱えている。

まさかこんなことになるとは思わなかった。誰かをよその国に連れ去るなんて、本当にそんなことができる人がいるのだと、世界の広さに驚かされる。

身一つで連れ去られた樹生は、携帯はもちろん、お金もパスポートすらも持っていない。英語ならそれなりに何とかなるにしても、アラビア語は勉強し始めたばかりでほとんど分からないし、分かったところで見知らぬ国の見知らぬ土地だ。日本に帰るための道順も交通手段も不明だ。

ハッサンを説得して日本に戻してもらう以外にどうしようもないとは思うのだが、あの様子ではそれはかなり難儀なことだろう。考えれば考えるほど、どうしていいのか分からない状況だ。

それに。

（皆さんが、そんな気持ちだったなんて）

エドワードの告白にもびっくりしたが、ハッサンの言葉にはもっと驚いた。二人ばかりでなくアンドレアまで樹生に想いを抱いていて、それを告げぬようお互いに約束していたなんて、もう何かの冗談にしか思えない。

自分など何の取り柄もないし、それこそ、一人の人間を拉致して自分の国に連れ帰ることができるほどの人が、魅力を感じるようなところなどないはずなのに。

もしかして、からかわれているのだろうか。

「……ミキ、くつろいでいますか？」

広い湯殿に響いた声に顔を上げると、湯殿の入り口のほうから、浴衣のようなローブを着たハッサンがやってきた。どこか悪戯っぽい目をして、ハッサンが言う。

「せっかくですし、ジャパニーズスタイルでいきましょうか」

「えっ？」

「コンヨクですよ。一緒に入りましょう、ミキ」

混浴は異性同士の場合を指すのだと説明する間もなく、ハッサンがローブを脱ぎ捨て、やや褐色がかった裸身を曝す。

彫像のような美しい裸身にドキリとして、思わず顔を背けると、ハッサンが静かに湯に入り、樹生のすぐ傍に身を沈めてきた。

「おや、少しぬるめですね。樹生のところで入ったお湯が熱めだったので、そう感じるだけでしょうか？」

ハッサンが独りごちるように言って、湯を胸や肩の辺りにかけながら続ける。

「このお湯には、薬草を煎じたエキスが溶け込んでいます。心と体を優しく癒し、解放してくれる薬草です。香りもいいでしょう？」

「そう、ですね。とても、落ち着く香りです、けど……」

何かのハーブのような湯の香りは確かにいいが、あまり近づかれると不安感がある。さりげなく距離を置こうとしたら、ハッサンがスッと身を寄せてきた。

内心慌てながら顔を見つめると、ハッサンはクスクスと笑った。

「そんなに警戒しないでください、ミキ。もっとリラックスして」

「で、でも」

「他人同士が裸になって、身も心も一切包み隠さぬ姿で向き合う。それがコンヨクというものでしょう？」

何かが違う気がするが、ハッサンは大真面目だ。過去を懐かしむような目をして、ハッサンが続ける。

「もっとも、あなたはいつでも二心がなく、真心を込めて私と向き合ってくれていましたが。だから私は、あなたに惹かれたのです。偽りのない心で人と向き合える、あなたにね」

「二心がない？　僕が、ですか？」

「ええ。高峰のような男に騙されてしまったのも、あなたが真っ直ぐで疑うことを知らない清い心を持っているからです。あなたはとても素敵ですよ？」

（僕のことを、そんなふうに……？）

　誰かにそこまで手放しで褒められたのは初めてで、戸惑ってしまうが、ハッサンの漆黒の瞳で熱っぽく見つめられると、知らず心拍が速まる。

　距離の近さにも何だか落ち着かなさを覚え、微かに肌を染めた樹生に、ハッサンがうっとりとした声でさらに言う。

「上気した肌が美しいですね、ミキは。私やエドたちに抱かれて啼いていたあなたも、とても美しかったです。もう体のほうは、大丈夫そうですか？」

「……大丈夫、です……」

「本当に？　少し腰をかばっていましたが、痛みなどはもうないのですか？」

「平気でっ、……、あっ」

　湯の中でハッサンに腰をさらりと撫でられて、ビクンと上体が震えた。ハッサンが嬉しそうに微笑む。

「ミキはとても敏感なのですね。日本人というのは皆そうなのでしょうか？」

「さ、さあ？　僕には、よく……」

「ふふ、艶やかな肌だ。吸いつくようですね」

「あ、っ、ハッサン、駄目、です……！」

湯の中でハッサンが、樹生の脛の辺りから膝、そして腿の内側まで、手のひらでスッと撫でてくる。

思わず身をよじり、湯の中を後ずさって逃れようとしたが、ハッサンは浴槽の底に手をつきながら樹生にぐっと身を寄せて行く手を塞ぎ、腰に腕を回して抱き寄せてきた。これ以上ないほど間近に顔を寄せて、ハッサンが囁くように言う。

「怖がらないで、ミキ。私があなたを、最高に気持ちよくしてあげますから」

「ハッサ、んんっ、ふ……」

体を抱き締められて口唇を合わせられ、口腔に滑り込んできた舌に抗う言葉を封じられる。上あごや歯列の裏を確かめるようになぞられて、それだけで息が上がった。

背筋が蕩けてしまいそうなほどの、甘く深い口づけ。合わさった口唇と体を抱く腕から、ハッサンの熱情が伝わってくる。

それはエドワードから感じたのと同じ、強く確かな感情の発露だ。ハッサンもそんなにも、樹生のことを――――？

「……おや？　ミキ、ここが反応していますね」

「えっ」

「私のキスで感じてくれたなんて、嬉しいですよ。ほら、こんなに硬くなって……」

「……あ、ぁ、そこ、やっ」

　知らぬ間に勃ち上がっていた欲望に指を絡められ、やわやわともてあそばれて、上気した肌がさらに朱に染まる。

　この前と違い、薬も使われていないのに、キスされただけで自身がそうなってしまうなんて、まさか思いもしなかった。触れれば触れるほど硬くなる樹生の前をゆるゆると扱きながら、ハッサンが樹生の腰に回していた手をゆっくりと下ろし、狭間にも指を這わせてくる。

「や、ハッサン、そっち、はっ……」

「ああ、前を撫でるとこちらもヒクヒクと動きますね。あなたはとても感度がいい」

「あんっ！　はぁ、やあっ」

するりと後ろに指を挿れられ、優しく出し入れされて声が裏返る。

　自身を刺激されながら後ろも同時に弄られると、こらえようとしても息が弾んで、声を抑えることができない。後ろをまさぐる指を二本に増やされ、くるりとなぞるようにされ

ると中の動きは滑らかになった。外襞も蕩けたようになって、ハッサンの指に吸いつき始める。ハッサンが満足げな声で言う。

「可愛いですね、あなたは。薬など使わなくても、私の愛撫だけでこんなにも柔らかく解けていきますよ？　体はもう、私の愛を受け入れてくれているのでしょうか？」

「ハッ、サン」

「奥のほうまでほら、こんなに柔軟だ」

「あっ、あうっ、そ、なっ、動かし、ちゃ……！」

内奥まで指で開かれて掻き回され、呻くような声を上げてしまった。欲望の幹を擦られながら、後孔の中で長い指をくねくねと動かされるたび、体の芯にビンと快感が走る。内壁も何やら物欲しげにヒクヒクと蠢動《しゅんどう》して、次第にハッサンの指に絡みつき始めた。

ハッサンが指をさらに三本に増やすと、隙間から湯が体内に流れ込んだのか、腹の底がぬるりとした温かさで満たされた。樹生は慌てて言った。

「……っふ、はぁっ、ハ、サンッ、後ろ、入っちゃうっ、お湯が、いっぱいっ……」

「そうですね。中のほうまで解けて、トロトロになっています。栓をしてあげましょうね」

「栓、ってっ……？　ああ、待ってっ……！」

ハッサンが後ろから指を引き抜いて、樹生の片足だけを持ち上げ、もう片方の足を彼に跨がせるようにして下腹部を密着させてきたので、そこに息づく彼自身が狭間に触れた。

硬く雄々しく形を変えた、ハッサンの欲望。その熱い切っ先で解けた窄まりを探り当てられ、そのままぐっと貫き通されて、ヒッと息が詰まる。樹生の腰をぐっと抱き寄せ、持ち上げた片足の脛にチュッとキスをして、ハッサンが艶麗に微笑む。

「可愛い樹生。愛していますよ？」

「ハッ、サン、ぁあ、ああっ、あっ」

有無を言わせず樹生の体を腕で支え、ハッサンが腰を使って雄で樹生を突き上げてくる。抽挿は穏やかだが、そのボリュームは凄まじい。湯が後ろを僅かに滑りやすくしているのか、痛みなどはないものの、確かな質量に中をしたたか擦り立てられ、体がミシミシと軋むようだ。

強引すぎる交合に悲鳴を上げそうになるけれど――――。

「ひぅ、そ、こ、ゃ！」

「嫌、ですか？　ここを擦ると前がビンビンと跳ねますよ？」

「はぁっ、ああっ、あああっ！」

三人に抱かれたときに見つけ出された、樹生の内腔前壁にある快楽の源泉のような場所。擦られるとどうしようもなく感じさせられてしまうそこを、ハッサンの先端でゴリゴリと抉られて、自分の声とは思えないほど甲高い嬌声を上げた。

上体が弾んで湯の中に落ちそうになったから、思わず手を伸ばしてハッサンの首にすがりつくと、ハッサンが樹生の肢を抱え上げていた腕を背中に回し、腰を支えていた手を前に回して、律動のたび跳ね回る樹生自身を同じリズムで扱きだした。

「ああっ、んんっ、らめっ、そ、なっ、らめぇえっ」

与えられる快感があまりにも凄絶すぎて、上手く舌が回らない。閉じようとしても口唇がだらしなく開いて、口の端からは唾液がこぼれる。

それを舌で舐め取り、優しくついばむようなキスをよこして、ハッサンが嬉しそうに笑う。

「ふふ、前を弄ると後ろがキュウッと締まります。私に吸いついて、放すまいと追いすがって……。奥のほうを突かれるのも、いいのでしょう？」

「あぅんっ！　当たるっ、ドンって当たる！　も、やぁあっ！」

もはや自分を保てないほどの悦びに、涙すら出てくる。どこまで乱されてしまうのか分からず、不安を感じて叫ぶと、ハッサンが樹生の額に彼の額を押し当てて、優しく言った。

「悦びを恐れないで、樹生。あなたはただ、私を感じていればいい」

「ハッサンっ」

「私から逃げないで。どうか私の愛を受け入れて、身も心も私のものになって……！」

ハッサンが言って、樹生の口唇に吸いつく。

口腔を舌で深く侵食され、くらくらと眩暈を覚えたけれど、ハッサンの言葉に何やら切

なげな色が滲んでいたので、微かな驚きを覚えた。

　こちらの都合などおかまいなしに樹生を連れ去り、自国に連れ帰ってどことも知れぬ砂漠の城へと連れてきたハッサン。

　一方的に花嫁になどと言い、樹生の気持ちを後回しにするのは高峰と同じなのだが、ハッサンの声音にはどこか切実な響きがあった。樹生を心から想い、焦がれてしまっているかのようだ。

　ハッサンはそんなにも、樹生を欲して――――？

「……ふ、ぁっ、ひ、ぐっ、もっ、達、ちゃうっ、達っちゃいますぅうっ！」

「いいですよ、ミキ。私も、一緒に……！」

「あっ、あっ、あああっ……！」

　はしたなくハッサンを締めつけながら、樹生が頂を極めると、ハッサンが最奥を突いてウッと声を上げた。

　腹の底に熱い潮流が溢れた感触に、軽い眩暈を覚える。

(抱かれ、ちゃった……、ハッサンに……)

　絶頂の余韻に震えながら、樹生がその現実に当惑していると、ハッサンがゆらりと顔を上げ、艶めいた声で言った。

「私はもっともっと、あなたを愛せますよ、樹生」

「……ハ、サン……」

「この城で、毎日それを教えてあげましょう。私の愛の深さを」

「あっ！　ハッサンっ、ああ、あ……！」

ハッサンがまた腰を揺らし始め、ぐらぐらと意識を揺さぶられる。樹生はもはやされるがままに、湯の中をゆらゆらとたゆたっていた。


「ミキ、オレンジはいかがです？」

「え、と、いただきます」

「ヨーグルトはかけますか？」

「あ、はい。お願い、します」

朝日が明るく差し込む、砂漠の城の中庭。

テーブルに並べられた朝食を樹生のために取り分けているハッサンは、いつもながら楽しそうだ。召使いを下がらせて自らかいがいしく世話をする姿は、とてもこの国の王子とは思えない。

連日こんなことをやっていられるのは、まさに彼が王子だからこそなのだろうが。

（今日も、はぐらかされちゃうのかな）

ハッサンに拉致され、海まで越えてこの城へ連れてこられて、今日で四日目だ。

樹生は毎日ここへ通ってくるハッサンと、ほぼ二人きりで過ごしている。何度も日本に帰してほしいとお願いしているのだが、暖簾に腕押しというかのらりくらりと言うか、穏やかな調子ではぐらかされ、話がまったく進まないのだ。

フルーツヨーグルトをこちらによこしながら、ハッサンが優しく微笑みかけてくる。

「今日は古代都市の遺跡を見に行きましょうか。それともオアシスがいいかな？　わが領地内には、ほかにも古くからの景勝地や埋もれた遺跡がたくさんあります。私は花嫁を退屈させたりはしませんよ？」

「あ、あの、でもその……、僕は、そろそろ……」

「おお、そうだ！　金鉱山を見に行くのもいいですね！　あそこはなかなか壮観ですよ。ミキもきっと気に入ります。そうしましょう！」

ハッサンが言って、うきうきとした顔で頷く。樹生は心の中で小さくため息をついた。

（僕を楽しませたいっていうのは、分かるんだけど）

ハッサンにはとても優しく親切にされているし、食事やアメニティに至るまで望むことはたいてい叶えてもらっている。最初の日以来、毎日のように体に触れられてはいるものの、樹生が拒めばそれ以上はしてこない。

だが彼の領地の外には出られず、日本と連絡を取ることもさせてもらえないので、旅館がどうなっているかは分からない。父のことも心配だし、今日こそ連絡くらい取らせてもらわなければ。

あれこれと今日の予定を計画しているハッサンの顔を見ながら、樹生がそんなことを考えていると――。

『……殿下、お待ちを！　ハッサン様はただ今、こちらには……！』

『嘘をつけ！　弟はここにいるのだろうっ？　ハッサン！　どこにいる！』

中庭を囲む形の回廊のほうから、いきなり鋭いアラビア語が聞こえてきた。どうやら誰かやってきたようだが、召使いが必死に止めている。朝から何事だろう。

「……ああ、兄上だ。樹生、あなたは何も言わず黙っているのですよ？」

（ハッサンのお兄様……？）

そう言われてみれば「弟」と聞こえたように思うが、アラビア語は片言程度しか聞き取れないので確かなことは分からない。

でも、ハッサンの兄と言えばやはり王族だろう。挨拶もせず黙っていていいものだろうか。訊ねようとした瞬間、回廊から中庭のほうに大柄なアラブ装束の男性が入ってきた。

『……ハッサン！　貴様、やはりこの城に隠れていたのだなっ？』

野太い声の男性がアラビア語で言って、非難するように続ける。

『国王陛下の召喚を無視して日本などへ遊山に行っていたかと思えば、国に戻っていながら挨拶一つないとは何事だ！　貴様はそれでも王族の一員かっ！』

早口でまくし立てる男性の言葉は、樹生にはよく分からないが、その表情からは何か怒っている様子がありありと伝わってくる。

だがハッサンはさして気にしている様子もなく、淡々とした調子で言葉を返す。

『お静かに、兄上。今は朝食の時間です。客人も驚いてしまっていますよ？』

『フンッ、何が客人だ！　貴様がここで何をしているか、俺が知らないとでも思っているのかっ？』

『……何のことです？』

『誤魔化すな！　貴様がおぞましい性嗜好の持ち主だということは分かっているのだ。下賤な母親の血を持つ貴様には似合いの気質だが、先祖から賜ったこの地で男などと淫行に耽るとは、もはや国王陛下をも愚弄するに等しい行いだぞっ！　恥を知れっ！』

男性が嫌悪の滲む目をして叱責するように言葉を発すると、ハッサンが微かに眉根を寄せ、男性を真っ直ぐに睨み据えた。

いつも優美な物腰で、穏やかな表情を浮かべているハッサンが、そんな顔をしたのを見たのは初めてだ。もしや男性は、何かハッサンを侮辱するような言葉でも投げつけているのだろうか。

剣呑なムードにハラハラしながら、チラリとハッサンの顔を窺う。するとハッサンがふっと笑みを見せて、男性に言葉を返した。

『私が同性愛指向だとして、それが何だというのです？』

『な、なにっ？』

『下賤かどうかは議論の余地があると思いますが、私の母は異教徒の西洋人です。それゆえに私は、国政に関与する立場にはありません。ですから私を王族の規範に従わせ、あなた方と同じように振る舞わせようとするのは、そもそも筋違いだと思いますが？』

そう言ってハッサンが、樹生の肩にスッと手を置いて抱き寄せ、英語で言葉を続ける。

「私は彼、樹生を心から愛しているのです。樹生が私の求婚を受け入れてくれたら、海外で二人で暮らすつもりです。一度帰ってきたのも、国を出てもう二度と戻らぬつもりゆえ、身辺整理をするためです。この国に骨を埋めるつもりなど、はなからありませんよ」

「……っ！」

思わぬ発言に目を見開いた。樹生と二人で暮らしたいという言葉に驚いたのももちろんだが、王族であるハッサンが国を出るというのは、一市民の言葉とは重みが違う。

ハッサンはその決意を樹生に伝えるために、あえて英語を使ったのか――？

『バカな！　そんな勝手が通ると思っているのか！』

『私は今まで、自分の力ですべてを思い通りにしてきました。今更誰にも邪魔はさせない。あなたにも国王陛下にも、他の誰にもだ！』

ハッサンが語気を強めて男に言い返し、回廊の辺りで控えていた召使いのほうに顎をしゃくって何か合図をする。

すると、召使いの背後から武器を携帯した武官が二人現れ、こちらへやってきた。ハッサンが冷たい目をして男性に告げる。

『お引き取りを、兄上。私は国王陛下の召喚に応じるつもりはありません』

『ハッサン、貴様……！』

『王宮の皆様によろしくお伝えください。第五王子はじきに国を捨てるつもりだと。王族の駒になる気など、毛頭ないのだとね！』

ハッサンの言葉に、男性が絶句する。それからその顔に侮蔑の色を浮かべてハッサンを睨みつける。

『……この、愚か者め……。貴様は国の恥だ！』

男性が呪詛の言葉を投げつけるように言って、踵を返して中庭を出ていく。

硬い表情で見送るハッサンの横顔を、樹生は不安な気持ちで見ていた。

「……恥ずかしいところを見せてしまいましたね、樹生」

男性が帰ると、ハッサンはいつもの穏やかな表情に戻ってすまなそうにそう言った。

「私と国王陛下や兄、それにほかの王族との間には、深い溝があるのです。それは私の出自ゆえの根深い差別感情が原因なのですが、どうやら解消されることはないようだ。何ともむなしいことですよ」

「ハッサン……」

沈痛な口調に、こちらまで気持ちが沈む。アラビア語はよく分からなかったが、ハッサンの兄である先ほどの男性は、やはりハッサンにひどい言葉を投げつけていたのかもしれない。だからハッサンは、国を出て二度と戻らないなどと言ったのだろうか。

「ハッサン、先ほど仰ったこと、本気なのですか？　本当にこの国を出ていくつもりなのですか？」

「ええ、そのつもりです。そのために、領地以外の資産は何年も前から徐々に海外に移してますし、いくつかの多国籍企業に投資して大きな利益を得てもいます。私がこの国を出る準備は整っています」

「どうして、国を出ることに？」

「いられないからですよ」

「いられない？」

「王族は、父に定められた妻を娶って初めて正式に領地の首領となります。ですが、私はそれに従うつもりはありません。愛のない相手との政略結婚などに、応じるつもりはありませんから」

「政略、結婚」

「ええ、そうです。王族の権力を維持し、拡充を図るためには、汚れた血と虐げてきた恥ずべき婚外子であっても、政治の駒として利用する。私が幼い頃こそ、父はそうした因習から私を守ろうとしてくれましたが、王位を継いだ今の父にとって私はただの道具なのです。とても、哀しいことです」

そう言うハッサンの顔には、やりきれないような表情が浮かんでいる。

好きでもない相手と一緒になれと強要されることの苦しさならば、樹生にも少しは分かるつもりだが、王族として生きてきたハッサンは、樹生には想像もできないような理不尽な目に遭ったり、つらいことを耐え忍んできたりしたのかもしれない。

「でも、私はそんな運命に従うのは嫌なのです。自分の未来は自分で切り開いていくつもりです。だって私は、あなたを見つけたのですから」

ハッサンが言って、樹生をじっと見つめて続ける。

「初めてこの国の外に出て、異邦人として通ったボーディングスクールで、私は心から尊敬し合える友人たちに出会いました。そしてニューヨークで、いつもひたむきで心を込めて人に尽くすあなたと出会って、私の心は大いに癒され、慰められた。日本に帰国してしまっても、ずっと会いたいと焦がれ続けるほどにね」

「僕を、そんなふうに？」
「日本で再び出会い、成り行きでしたが体を重ねて、私ははっきりと感じました。あなたこそ、私の運命の相手だと。友人たちとの出会いすら、あなたと結ばれるための布石であったのかもしれないと」

そう言ってハッサンが、樹生の手を取ってぐっと顔を近づけてくる。
「愛しているのです、樹生。あなたを、どうしようもなく深く」
「ハッサン……」

情熱的なまなざしと、確かな愛の言葉。図らずもドキドキと胸が高鳴るのを感じて、樹生は頬を熱くした。そんなにも強く想われていたのだと改めて知ってみれば、嬉しい気持ちもある。

でも、それならそうと、もっと早くに言ってくれてもよかったのにとも思う。

気持ちを伝えないという三人の約束が破られたからと言って、いきなり連れ去ったり軟禁したりするのではなく、その場できちんと樹生と向き合って気持ちを伝えてくれていたら、こちらの受け止め方も違ったかもしれないのに。

（ハッサンは、お父上にはちゃんと自分の気持ちや考えを話したのかな？）

エドワードのときもそうだったが、ハッサンが告白してくるまで、樹生は彼の想いに気づかなかった。

心に抱いている感情も意思も、黙っていては誰にも何も伝わらない。それを伝えるべき相手には、やはり言葉に出して伝えなければ駄目だろう。

　樹生はそう思い、ハッサンを見返して訊いた。

「ハッサン。あなたはご自分の思っていることや考えていることを、全部お父上に話されたのですか？」

「え……」

「もしもそうでないのなら、きちんとお父上にお伝えになったほうがいいのではないでしょうか。国を出ていってしまう前に」

「何ですって……？」

「幼い頃は守ろうとしてくださったのでしょう？　もしかしたら、お父上には国王陛下としてのお立場があるのかもしれません。でも親子として真っ直ぐに向き合って、あなたの考えていることを伝えれば、分かり合えるチャンスもあると思います。そうしないで国を出てしまうのは何だか少し哀しいなって、僕は思うんです」

「ミキ……」

　よく知りもしないで不躾かなと思わなくもないし、ハッサンにはハッサンの事情があるのだろうとは思うものの、ただ国を去るだけでは、いつか後悔するかもしれない。そうなってからでは遅いこともきっとあるだろう。

そんな気持ちで樹生が思ったままを言うと、ハッサンは驚いたような目をした。

それからその顔に、微かな笑みを浮かべる。

「……あなたがそんなふうに言ってくれるなんて、思ってもみませんでした。でも、確かにあなたの言う通りかもしれない。私は、父と向き合うことから逃げていたのかも……」

ハッサンが思い至ったような顔をして言って、樹生をまじまじと見つめる。

「今まで、私にそんなふうに言ってくれる人はほとんどいませんでした。私に気づきを与えてくれたあなたは、やはり私の運命の人だ」

「そ、そんな。僕は何も特別なことは……」

「私も少し意固地になっていたのかもしれません。いい機会だ。今から父と話してくることにします」

「え、今からですかっ？」

いきなりの展開に少々慌ててしまうが、ハッサンはさっと立ち上がってニコリと微笑んだ。

「よいことはすぐに実行に移すべきです。ミキはここで待っていてくださいね？」

言い置いて、ハッサンが中庭を出ていく。樹生は呆気に取られながら、その背を見送っていた。

「ハッサン、今日も来ないのかな……？」

中庭で朝食のテーブルに向かい、召使いが注いでくれた紅茶を飲みながら、樹生は独りごちた。

ハッサンが父と話すと言って城を出ていってから、今日でちょうど三日だ。その日のうちに戻ってくるだろうと思っていたのに、あれからまったく訪《おとな》いの気配もない。

樹生の食事や世話などは召使いがしてくれているので特に不便なこともないが、英語も通じず外との連絡もできないまま取り残されて、不安が募っている。

もしやハッサンは、父王や兄たちの不興を買ってこちらに戻るに戻れない状態になっているのではないだろうか。

（もしかして、僕のせいかな……？）

話せば分かる、というような楽天的なことを言ったせいで、ハッサンが苦境に陥ってしまったのだとしたら、発言に責任を感じる。

樹生が自らの短い人生経験だけで物事を推し量ったところで、所詮は独りよがりだったのかもしれない。王族という特殊な世界に生きているハッサンのことならなおさらで、今頃ハッサンは厳しい咎めを受けていたりするのではと、心配になってくる。

何だか落ち着かず、樹生は飲みかけの紅茶のカップを置いた。

するとどこからか、機械的な音が聞こえてきた。

「……？　これって、ヘリコプター……？」

中庭からは建物や高い塀に阻まれて見えないのだが、ヘリコプターのバリバリという音が徐々にこちらに近づいてくるのが分かる。

傍に控えていた召使いが不審そうに空を見上げた、次の瞬間。

城を囲む高い塀の向こうから、いきなり大きなヘリコプターが姿を現した。

『なっ？　一体、誰が乗ってっ……？』

召使いが驚いたように言って立ち上がったところで、ヘリコプターからしゅるしゅるとロープが降りてきて、武装した兵士が五人ほど中庭に降下してきた。

「な、なにっ？」

まるでアクション映画に出てくる特殊部隊のような屈強の兵士たちが、武器を手にこちらへやってくる。召使いが樹生の前に立ちはだかろうとしたが、兵士に腕を取られて石畳の床に押さえつけられた。

恐怖を覚え、叫びそうになったそのとき――――。

「……おいおい傭兵さんたち。あまり手荒なことはしてくれるなよ？　あとでハッサンに怒られるのは俺なんだからな」

「っ？」

聞き慣れた声に驚き、兵士たちの間から向こうを覗くと、そこにいたのは洒落た三つ揃いのスーツをまとったアンドレアだった。精悍な顔に笑みを浮かべて、アンドレアが言う。

「よう、ミキ。アラブの装束もなかなか似合ってるが、やっぱり少し違和感があるな」

「アンドレア……、どうしてっ？」

「ミキを救出しに来たんだ。俺とここを出ようぜ」

そう言ってアンドレアが、樹生の肩を抱いて歩き出す。

突然の事態が信じられないまま、樹生はヘリコプターに乗せられていた。


「ミキ、着替えは終わったか？」

「は、はい。終わりました、けど……」

「どれ。……ああ、いいな。ぴったりじゃないか」

白を基調とした広く明るい部屋。

クローゼットの大きな姿見に映る樹生は、華やかなドレスシャツと落ち着いたチャコールグレーのスーツに、トラッドな革靴を履いている。

今までこんなおしゃれな服を着たことがなかったので、何だか気恥ずかしいけれど、アンドレアは鏡越しに満足げな笑みをよこし、そっと樹生の肩に手を置いた。

「堅苦しくてすまないな。きみに合いそうなサイズの服は、今それしか調達できなくて……。でも、とても似合っているぜ？」

「そう、ですか？」

「ああ。じゃ、さっそく船内を案内しよう。来てくれ」

アンドレアに促され、部屋を出て廊下を歩いていく。重厚な手すりのついた階段を上ると、微かに潮の匂いがした。明るい光の射すほうへとさらに進んでいくと——。

「……わあ！」

抜ける青空とまばゆい陽光、どこまでも続く地中海の青。そしてそれを存分に楽しむことができるデッキプールと、バーテンダーが給仕するバーカウンター。

目の前に広がる光景に、思わず歓声を上げた。アンドレアが楽しげに言う。

「ルクレツィア号へようこそ、樹生。オーナーとして歓迎するよ」

アンドレアが傭兵まで雇って樹生をハッサンの城から救い出し、ヘリコプターで連れてきたのは、地中海東部をクルーズ中だったこの豪華客船、「ルクレツィア号」だ。アンドレアの経営する会社が所有する、世界でも最大規模のカジノを持つクルーズ船で、乗船客もそれなりの社会的地位にある人々ばかりと聞いている。

さすがに気後れするようなことはないが、そのラグジュアリーな空気感には少しばかり圧倒されてしまう。船のスケールも、想像よりもずっと大きい。

「凄い……、プールが作れるほど広いんですね、クルーズ船って！」

「ん？　ミキは、クルーズ船は初めてなのか？」

「はい」

「そうか。プールは夜中まで開いている。よければあとでひと泳ぎするといい。今度はこっちだ」

　アンドレアについてプールを回り込み、また船内へと戻っていくと、天井の高いメインダイニングやショーが上演されるホール、そして洒落たラウンジが続いていた。

　豪奢なシャンデリアが輝く吹き抜けのホールの大階段を下り、磨き上げられた大きな木の扉が開くと、その向こうにはゴージャスなカジノが広がっていた。

「ここが、カジノ……！」

「ああ、日本にはカジノはないんだったな。うちのラスベガスのカジノホテルと違って、ここは欧州風だ。紳士淑女の落ち着いた遊び場だよ」

「だから、スーツなんですか……？」

「一応な」

　ドレスコードがあるカジノなんて、自分には一生縁のない世界だと思っていた。どこもかしこも壮麗で目を丸くしている樹生に、アンドレアが言う。

「でも、カジノを楽しむのはあとにして、まずは部屋へ案内しよう。落ち着いて話もしたいしな」

「……そうですね」

　ハッサンの城からは「救出」されたが、日本へ戻るためには何らかの手続きが必要だろう。アンドレアは何でも協力するから心配するなと言ってくれたが、今後のことが少し不安だ。樹生を略奪されたと、ハッサンが慌てて捜し回るかもしれない。しばらくの間はこの船にいてもいいようなことを、ヘリコプターの中でアンドレアは言っていたが。

「……あれ？　まずは、ってあの、さっきのお部屋じゃないんですか……？」

「あそこは俺のクローゼットルームだ。きみにはスイートを用意した」

「スイートですかっ？」

　ホテルマンとしてなら何度も出入りしたが、泊まったことはない。何だか分不相応な気もするが、アンドレアはカジノの中にあるドアマンのいるエレベーターへと樹生を誘う。

　そこはどうやら、上級客室のゲスト専用のプライベートエレベーターのようで、階数を表示するボタンが極端に少ない。ゆっくりと上昇し、着いたところは――――。

「……わあっ、凄い！」

　スイートルームの扉が開くと、大きなテラス窓が目に入ってきた。見渡す限り続く紺碧の海と、雲一つない空。素晴らしい光景に、うっとりしてしまう。

「いい眺めだろう？」

「ええ、本当に。こんな素敵なお部屋、初めてです！」

思わず言ってふらふらとテラス窓に近づくと、アンドレアもついてきて、樹生と並んで外を眺めた。それからさりげない口調で言う。

「……よかった。ハッサンに拉致されてもう少し参ってるかと思ったが、元気そうだな。どうやらハッサンは、きみを丁重に扱っていたようだ」

アンドレアが安堵したようにそう言ったので、心配してくれていたのだと改めて気づく。

アンドレアがためらいながら切り出す。

「災難だったな、ミキ。俺もまさか、ハッサンが皆に黙ってきみを自国に連れ去るなんて想像もしていなかった。正直、こんな短時間で見つけ出せたのは奇跡だと思ってる」

そう言ってアンドレアが、ため息をつく。

「一週間前、明月館を出たあと、俺はミキに話したいことがあって旅館に戻ったんだ。そうしたら、ミキがどこかへ行ってしまったとちょっとした騒ぎになっていてな」

「そうなんですかっ？　あの、旅館は大丈夫なんですかっ……？」

一番の懸念をぶつけると、アンドレアは頷いた。

「ああ、大丈夫だ。すぐにエドに連絡したら、ミキは急遽エドについてイギリスへ行くことになったとか何とか、きみのお父上にそう言って無理やり誤魔化したらしい。そして言ったんだ。ミキを連れ去ったのは、きっとハッサンだろうってな。まああの砂漠の城を見つけたのは、結局俺のほうが早かったが」

「そう、ですか。エドが……」

樹生を連れ去ったのはエドワードが約束を破ったからだと、ハッサンはそう言っていた。エドワードが自ら、樹生に告白した事実をハッサンに話したのなら、ハッサンの仕業だと予測することも可能だったろう。

樹生に想いを伝えてきた二人の顔をそれぞれに思い出し、何とも言えない気持ちになっていると、アンドレアがためらいながら訊いてきた。

「ハッサンに、何をされた？」

「え……」

「ハッサンがあんな強硬手段に出たのは、エドがきみに愛を告げたからだろう？　ハッサンがきみをただ飾っておくためだけに連れ去ったわけじゃないことくらい、俺にだって分かる。もちろん、エドにもな」

そう言うアンドレアの顔には、微かに焦れたような表情が浮かんでいる。

やはりハッサンの言葉通り、アンドレアもまた、樹生に特別な感情を抱いているのだろうか。樹生は恐るおそる言った。

「……愛していると、そう言われました。僕は運命の人だ、と」

「それだけか？」

「いえ、その……、抱かれ、ました。身も心も愛したいと、そう言われて……」

樹生の言葉に、アンドレアがああ、とため息をつく。そしてやや悔しさを滲ませて言う。

「やれやれ、まったく。この俺としたことが、ハッサンにすっかり先を越されてしまったな。気持ちを伝えるだけならエドにもだ。うかうかしてられないな」

「アンドレア……」

「あのとき旅館に戻ったのは、本当はきみに想いを伝えるためだったんだ。エドやハッサンと同じく、いや彼ら以上に、俺はきみに惹かれてる。ハッサンが連れ去ってなかったら、もしかしたら俺がさらっていたかもしれないぜ？」

「……そんな、こと……、っ……！」

いきなりぐっと距離を詰められ、目を丸くした瞬間、さっとかすめるように口唇を奪われた。慌てて隠すように手で口元を覆うと、今度は胸を合わせられてテラス窓に背中を押しつけられ、体の両側に手をつかれて逃げ場を塞がれる。

これ以上ないほど樹生に顔を近づけて、アンドレアが甘く囁く。

「可愛いな、ミキは。キスしただけで心臓がバクバクいってるだろ？」

「だ、だって、いきなりキス、なんてっ」

「この間はもっときわどいことをしたじゃないか。薬でトロトロになってるきみは、とても煽情的だったぜ？」

「ちょ、待ってください、アンドレア……！」

耳朶に口唇を寄せられ、そこにもチュッとキスを落とされて、頬が紅潮してしまう。

ハッサンも強引だったが、アンドレアは欲情を包み隠しもせず真っ直ぐに迫ってくる感じだ。抗う手に優しく指を絡められ、吐息を耳に吹きかけられて、ゾクゾクと背筋が震える。アンドレアが小さく笑って告げる。

「薬なんか使わなくても、こんなに感じやすいんだな、ミキは」

「そん、なっ」

「きみと結ばれたあのときから、俺の頭の中はきみだけで占められてる。あの感覚を忘れられないんだ。きみが欲しいよ、樹生」

「あン、ん、んっ……！」

両手を窓に縫いつけられ、抵抗するすべのなくなった樹生に、アンドレアがまたキスをしてくる。

今度は触れるだけでなく、口唇に吸いつかれ、肉厚な舌で舐られる本気のキスだ。濃密な口づけに、頭がクラクラしてしまう。

（欲しい、って、セックスしたいって、ことだよねっ……？）

ハッサンには抱かれてしまったが、成り行きで体を繋げるようなことは、できればもう避けたいと思う。

樹生はもがいて、アンドレアのキスを逃れた。

「は、ぁっ、待っててっ、これ以上、駄目ですっ！」

「どうして」

「僕、は、したく、ないんですっ、誰とも、こんなふうにはっ……」

取り乱しながらも、何とか拒絶の言葉を放つ。するとアンドレアが、まじまじと樹生の顔を見つめてきた。機嫌を損ねてしまってはいないかと、あわあわしながら見返すと――

――。

「……そうか。きみがそう言うなら仕方ないな」

「アン、ドレア？」

「俺は焦ったりはしない。樹生がその気になるまで、ゆっくり待ってるさ」

鷹揚な笑みを見せてそう言うアンドレアには、気持ちの余裕が感じられる。

どうやら、無理に欲望を遂げる気はないようだが。

「とにかく、まずは日本への帰国だな。何の記録もなくいきなり国外に連れ出されたのを、上手く誤魔化して帰国させるのは少々難儀だが……、まあつてはある。俺が何とかしてやるから、何も心配するな。しばらくは船旅を楽しんでくれ」

そう言ってアンドレアが、軽くウインクをする。胸のドキドキを鎮められぬまま、樹生はアンドレアの顔を見上げていた。

「――紳士淑女の皆様、歌姫にもう一度盛大な拍手を！」

ブラボーの声と共に、豪華客船「ルクレツィア号」のデッキに拍手が響き渡る。

夜な夜な催される船上パーティーには、毎晩新進気鋭のアーティストが出演し、満天の星空の下、思いおもいのパフォーマンスを繰り広げている。今夜はアメリカ出身のジャズシンガーが艶やかな衣装で登場し、実らぬ恋の切なさを歌い上げたところだ。

樹生はほうっとため息をついて、手にしていたトロピカルジュースを口にした。

（やっぱり、何もかもが凄いなあ……）

この船に連れてこられて、今夜は三日目の夜だ。

豪華客船で過ごす時間は想像以上に楽しく、樹生にとって有意義だった。カジノはもちろん、連日ホールで開かれるショーやコンサートを堪能し、ダイニングで美味しい料理を食べて、樹生は毎日、一流のサービスの素晴らしさに感動している。

自分も旅館で接客してきたからこそ分かるのだが、ゲストを心からおもてなししたい、楽しんでもらいたいという意気が、この船のどのスタッフからも強く伝わってくるのだ。

もっと勉強し、たくさんのスキルを身につけてから旅館を継ぎたかったと、今更のようにそう思えて、何だか残念な気持ちにもなる。

(旅館、続けていくことはできないのかな)

エドワードが何と言って誤魔化したのか分からず、また、ハッサンに連れ去られたという本当の事情を説明するのはさらに難しそうなので、樹生はまだ日本に連絡を取れずにいるが、父はやはり、旅館を閉めるつもりでいるのだろうか。

祖父や亡き母の思い出が詰まっていることもあるが、父と樹生にとって、明月館は自分の一部のようなものだ。日本に帰ったら、何とか旅館の閉鎖を回避できないか父と話し合ってみたい。自分に何ができるかは分からないが、できることなら何でもしたい。

そんなことを思いながら、デッキの手すりにもたれてぼんやり星空を見上げていると。

「……ここにいたのか、ミキ」

「わっ、ア、アンドレア……?」

背後から身を寄せられ、包み込むように手すりに手を置かれて、驚いて振り返った。まるでロマンス小説の男性主人公のような振る舞いに目を白黒させていると、アンドレアが悪戯っぽく言った。

「パーティーを楽しんでるかい、ミキ?」

「は、はい、とても」

「それはよかった。ミキに見せたいものがあるんだ。おいで」

ついてくるよう促してアンドレアが歩きだしたので、あとに続いていくと、パーティーの喧騒から少し離れた展望デッキへと連れていかれた。

海を臨むデッキチェアに並んで腰を下ろすと――――。

「わぁ、何て綺麗な星……！」

「いいだろう？　きみに、この風景を見せたかったんだ」

落ちてきそうなほどの星々の輝きに、ため息が出そうになる。

まるで二人きりで夜空に包まれ、漂っているような気分だ。洋上の星空がこんなにも幻想的だなんて知らなかった。

心地よい夜風に髪を撫でられながら空を見上げていると、二人に気づいてさりげなく近づいてきた給仕の盆から、アンドレアがシャンパンのグラスを拾い上げた。

「乾杯しようか、ミキ。それ、ノンアルコールドリンクだろ？」

「あ、はい」

トロピカルジュースをシャンパングラスと交換すると、アンドレアが軽くグラスを掲げ、樹生の瞳を見つめて言った。

「今夜の星空よりも美しく、誰よりも愛らしいきみに。乾杯」

「っ……、か、乾杯」

こんなシチュエーションでさらりとそんなことを言われると、何だかどぎまぎしてしまう。頬が火照るのを感じながらシャンパンを口にすると、アンドレアが何か思い出したように言った。

「ああ、何だか懐かしいな。シャンパンを飲むと、樹生と初めて出会った日の晩を思い出すよ」

「？　どうしてです？」

「覚えていないかな。あの晩、俺はきみにシャンパンを持ってきてほしいと頼んだんだが。ヴィンテージの、アメリカではあまり出回っていない銘柄のものだ」

「……そう言われてみれば、確かにそうでした。よく覚えていらっしゃいますね？」

「まあな」

アンドレアが答え、意味ありげな目をして続ける。

「あの日の昼間、エドが泊まっていたスイートできみと出会って、俺はずっときみが気になってた。眠る前にもう一度顔が見たいと思って、自分の部屋に戻ってからわざわざ頼んだんだよ。あわよくば一緒に飲んで、口説きたいなと思ってな」

「く、口説くなんて、そんな……。出会ったばかりなのに」

「時間なんて些細なことだろ？　人はいつだって恋に落ちる。出会った瞬間から、俺はきみに惹かれてた。そのさくらんぼ色の口唇にキスしたいって、ずっと思ってたんだぜ？」

「……それは、知らなかった、です……」

「きみが帰国してしまって、俺は心底寂しかった。きみのいないニューヨークは、まるで太陽のない世界みたいに暗く、寒々しかったよ。だからきみが旅館に誘ってくれたときは、雲が晴れたような気分だった。きみに会えると思ったら、生きていることが奇跡のように思えたし、世界が薔薇色になったよ！」

何のてらいもなく大仰なことを言うアンドレアに、ますます頬が熱くなる。

イタリア出身の男性らしい、真っ直ぐで情熱的な言葉のシャワー。それが自分に向けられることに慣れなくてたじろいでいると、アンドレアがこちらにほんの少し身を寄せて、親密な口調で言った。

「旅館の離れで、キモノを着たきみと再会したときの気持ちを、俺はいまだに何て表現したらいいか分からないよ。心ときめいて胸がキュッとなって……、すべてが完璧で、美しいと思った。きみとの出会いと再会を神に感謝したよ」

「そ、こまで……？」

「ああ、そうさ。きみと俺は出会うべくして出会った。そして今、二人でこの宇宙の真ん中にいる。俺はそう思っているんだ」

アンドレアが言って、樹生の手を取って甲に口づける。

「樹生を愛してる。こんなにも深く誰かをいとおしいと思ったのは、初めてだよ」

「アンドレア……」

真っ直ぐなまなざしと熱のこもった言葉に、図らずもドキドキさせられる。

満天の星空の下、豪華客船のデッキでシャンパングラスを傾けながら、どこまでも雄弁に愛を語られる。

これ以上ないほど甘やかなシチュエーションだ。自分が女の子だったら、もうそれだけでアンドレアに恋をしてしまうかもしれない。

(でも僕、そんなふうに思ってもらえるほどの人間じゃ、ないと思うんだけど……)

エドワードもハッサンもアンドレアも、どうして自分などを好きになってくれたのだろう。ニューヨークでのインターン時代はとにかく必死だったし、ミスもたくさんした。

いつでもゲストにくつろいでほしい、ホテルでの時間を快適に過ごしてほしいと、ただそう思いながら三人に接していただけなのに。

そんな釈然としない気持ちで、アンドレアの顔を見返していると――。

「……?」

アンドレアの肩越しに人影が見えたので、樹生はチラリとそちらを見た。

展望デッキの入り口の照明の下に、いつの間にか見知らぬ男が立っていて、こちらを窺うように見ている。何だか感情のない仄暗いその目に、訳もなく不穏なものを感じた次の瞬間、男が音もなくこちらへ突進してきた。

「……っ?」

男の手にキラリと光るものが握られていたから、ハッと息をのんだ。

もしやナイフか何かではと気づいてヒヤリとしたのと同時に、アンドレアが樹生の表情の変化に気づいた様子で、こちらをかばいながら振り返り、男に向かってシャンパングラスを投げつけた。

「ウゥッ」

シャンパングラスが男の額に当たってパンと割れ、男がひるんだ一瞬に、アンドレアがデッキチェアを蹴って立ち上がり、男の腕に鋭く手刀を打ち込む。ボキッと鈍い音がして男がナイフを取り落すと、アンドレアはナイフの刃を足で踏みつけ、だらりと垂れた男の手首をつかんで思い切り引き倒した。

「ぐわああっ！」

どうやら、男の手首は折れているようだ。痛みに呻く男をデッキの床に組み伏せ、ひょいとナイフを拾い上げて、アンドレアが意味ありげに言う。

「いい得物を使ってるな。イタリア製か？　それとも、北米製かな？」

「くっ、誰が、言うかっ」

「威勢がいいな。だが、おまえが言おうが言うまいが依頼主の見当はついている。今すぐ切れ味を試してみるか」

「……！」

アンドレアがナイフを逆手に持ちかえ、うつ伏せの状態の男の肩にスッと押し当てたので、樹生はギョッとして立ち上がった。心臓が凍ってしまいそうなほど冷たい声で、アンドレアが男に囁きかける。

「四肢を順に落として、鮫の餌にしてやろうか。それとも腹を引き裂いて、臓器を端から抜き取るほうがいいか。おまえはどちらが望みだ？」

恐ろしい言葉を吐きながら、アンドレアが男の折れた腕をきりきりと締め上げる。

その顔に浮かぶのは、嗜虐を楽しむような表情だ。アンドレアがそんな顔をするなんて、思いもしなかった。

「やっ、やめてくださいアンドレアっ！　そんなの、いけませんっ！」

思わず樹生が叫ぶと、アンドレアはビックリしたように目を丸くしてこちらを見た。

それから男を見下ろし、軽く肩をすくめて笑う。

「……はは、そうだな。俺もそう思うぜ。それがまともな人間の反応だよな」

アンドレアが言って、小さくため息をつく。アンドレアがどうしてそんなふうに言ったのか分からず、怪訝に思っていると、ややあって展望デッキに、体格のいい男たちが数名姿を現した。アンドレアが呆れたように言う。

「遅い。ちゃんと警護しろよ。樹生が巻き込まれたらどうするんだ」

「申し訳ありません、アンドレア様！　ご無事でいらっしゃいますかっ？」

「俺はな。こいつは手首が折れてる。一応船長に連絡して、警備をつけて医務室に連れていけ」

「船長に……、ですか？」

「そうだ。一番近い港に着いたら警察に引き渡す」

アンドレアの言葉に、男たちが不審げに視線を交わし合う。至って普通の対応だろうと思うのに、どうして妙な空気が流れているのだろう。

戸惑いながら男たちを見ていると、アンドレアがそれに気づいて、何故だか少しきまりの悪そうな顔をした。ほんの少し苛立ちを見せながら、アンドレアが男たちに重ねて言う。

「いいから言う通りにしろ。絶対に勝手なことはするなよ？　ミキは俺と来い」

暴漢を男たちに引き渡し、立ち尽くす樹生の傍まで戻ってきて、アンドレアが手を取って言う。

「きみはこの船にはいないことになってる。今のうちに部屋へ戻ろう」

アンドレアが言って、樹生の手を引いて歩き出す。今更のように体が震えてくるのを感じながら、樹生は展望デッキを下りていった。


「おいミキ、大丈夫か？」

「……だ、大丈夫、です。ちょっとビックリした、だけでっ」

スイートルームに戻ったところでアンドレアに気遣われ、慌てて平気だと言おうとしたが、声が揺れてしまった。樹生をソファに座らせて目の前に屈み、アンドレアが心配そうな声で言う。

「体も声も震えているな。怖かったか？」

「す、少し……。あの男、何で、ナイフなんか……？」

「それが仕事だからさ。あの男は俺を暗殺するために雇われた殺し屋だ」

「殺し屋っ？」

「ミキが気づいてくれたからとっさに反撃行動が取れたが、正直危なかったよ。俺としたことが、ガラにもなく浮かれすぎてたぜ」

そう言ってアンドレアが、小さく首を横に振る。

「だがまあ、よくあることだ。俺はマフィアの後継者だからな」

「マ、マフィア……？」

想定外の言葉に仰天する。イタリア出身で、カジノ事業を生業としているのは知っているが、まさかマフィアだなんて、そんな冗談みたいな話はちょっと信じられない。

呆気に取られていると、アンドレアがクスリと笑った。

「信じてないな？　でも、本当だ。俺がハッサンの秘密の城の場所をエドよりも早く特定できたのは裏社会の情報網があったからだし、さっきの男たちは俺の父、ドン・レオーニがつけた腕利きの護衛だ」

「……そう、なんですか？」

「ああいうことがあったら、普段は船長には話を通さずあいつらだけでかたをつける。さっき連中がおかしな反応をしたのは、だからだ。どうやってかたをつけるのかについては……、まあ、聞かないほうがいいと思うぜ？」

「……！」

それはつまり、人知れず闇に葬るということだろうか。恐ろしい話にゾッと背筋が凍る。

何も言えず固まってしまった樹生に、アンドレアがぼやくように言う。

「やれやれ。まさかこんなに呆気なく、俺の正体をミキに知られてしまうとはな。もちろんいつか話さなければならないとは思っていたし、俺が暗殺者に狙われているのは、マフィアの古いしきたりやしがらみを断ち切って事業の浄化を図ったせいで、取引のあったよその組織から裏切者だと思われているからなんだが……」

アンドレアが言いよどみ、ためらいながら続ける。

「どう言い繕っても、結局はマフィアだ。父の後を継ぐことを決めたのも俺自身だから、それできみに恐れられても仕方がないと思っている。慣れてしまうことはないがな」

「慣れる、って？」

「俺がマフィアであることで、好きな相手に軽蔑され、去られたことは何度もある。そんな別れはただただ哀しい。いつまで経っても慣れないよ」

そう言うアンドレアの表情には、孤独の影が落ちている。今まで何度も命を狙われてきたばかりか、そんな切ない目にまで遭ってきたのかと思うと、こちらまで哀しい。

樹生は気遣うように言った。

「僕は、軽蔑したりはしませんよ？」

「ふふ、そう言ってくれるのは嬉しいが、実際どうかな。俺はナイフを持って殺しに来た奴を返り討ちにしようとする男だ。怖くないのか？」

アンドレアがどこか露悪的な調子でそう言って、こちらを舐めるように見上げてくる。

確かに、あれは少しハッとしたが。

(でも、あのとき……)

樹生がやめるよう叫んだとき、アンドレアは、『それがまともな人間の反応だ』と言った。あれが異常で恐ろしい事態だと、アンドレアはきちんと分かっているのではないのか。

「……あなたは、殺さなかったじゃありませんか」

「何……？」

「僕が何も言わなかったとしても、あなたは殺さなかった。僕は、あなたはそういう人なんだって思います」

樹生の言葉に、アンドレアが黙ってこちらを見つめ返す。樹生は考えながら続けた。

「マフィアがどんな人たちなのか、僕は知りません。どんな流儀や考えを持っているのかも。でもあなたは、マフィアのように振る舞うのは正しいことではないって、そう思っているのではないですか？　だからさっき、僕にまともな人間の反応だって言ったのでしょう？」

　樹生がおびえながらもそう言うと、アンドレアは大きく目を見開いた。

　それからその顔に何故だか泣きそうな表情を浮かべて、ため息交じりに言う。

「……まったく、これだからなぁ、ミキは。俺がどれだけやせ我慢してると思ってるんだよ？」

「えっ？」

「やっぱり俺は、きみがいい。俺を分かってくれるのは、きみだけだ」

「アンドレア？　あ、あのっ……？」

　目の前に屈むアンドレアが、いきなり樹生のふくらはぎの辺りに手を添え、膝頭にチュッと口唇を押し当ててきたので、ドキリとしてしまう。艶っぽい目つきでこちらを見上げながら、アンドレアが囁くように言う。

「きみを愛している、樹生。このまま、ずっと俺の傍にいてくれないか？」

「ずっと、って……」

「欲しいんだ、きみが。誰よりも、何よりも強く……！」

「アン、ドレア、ぁん、んンっ……」

アンドレアが身を乗り出して、樹生の後頭部に手を添え、ぐっと引き寄せて口唇を合わせてくる。慌てて手を突いて離れようとしたが、もう片方の腕で両膝を合わせて抱え上げられ、ソファの上に転がされて、胸を合わせて圧し掛かられる。

樹生の両手をつかんで抵抗を完全に封じ、アンドレアがキスを深めてくる。

「ふ、ぅん、ぁン、ん……！」

舌を絡められ、熱く激しく吸い上げられて、意識が遠のきそうになる。

アンドレアのキスは荒々しく野性的だ。奪われるようなキスに、体が痺れてしまいそうになる。

（どう、しよう。このまま、じゃ……）

抗いたいのに、何だか身動きもできない。チュクッと濡れた音を立てて僅かに口唇を離して、アンドレアが低く告げる。

「きみに、触れたい。きみを気持ちよくしたい」

「……っ、ゃ、そ、それは」

「きみが嫌になったところでやめるよ。それなら、いいだろう？」

「……あ……！」

懐柔するように言いながら、アンドレアが樹生のズボンの前を緩め、下着の上から局部を撫でてくる。

キスで昂ぶってしまったのか、樹生のそれは微かに力を持っている。

「少なくともここは、嫌がってはいないな」

「あ、あっ」

じんわりと息づくそこにチュッと口づけられて、下着の中で雄がビンと跳ねる。抵抗しなければと焦っているのに、そこがそんなふうに反応するなんて。

「きつそうだ。外に出してやろう」

「つや」

体を起こしたアンドレアに、バッと剥がすように下着を脱がされ、欲望が勢いよく飛び出す。まさかそこまで勃ち上がっていたとは思わなかったので、恥ずかしさに頬が熱くなる。口でいくら嫌だと言っても、これでは説得力がないだろう。

「ふふ、可愛いな、きみのここは。この前も思ったけど、まるで果実みたいだ」

うっとりとした口調でアンドレアが言って、根元に指を添える。

「きみを味わわせて」

「……あっ、アンドレアっ！　そ、な……！」

アンドレアが樹生自身を喉奥までくわえ込み、口唇を窄めて頭を揺すり始めたので、かあっと全身の肌が染まった。

そんなふうにされたのは初めてだ。熱い口腔に包まれて摩擦され、快感に上体がビクビクと跳ねる。幹の部分に舌を絡められて裏の筋を舐り回されたら、声をこらえることもできなくなる。

「あ、あっ、んん、ふっ」

部屋にうつろに響くちゅぷ、ちゅぷ、という淫靡な水音と、樹生の甘く濡れた声。

先ほど刃傷沙汰に巻き込まれかかったばかりなのに、こんなふうに淫らな行為に耽っているなんて、何だかひどく背徳的な気分だ。

だが感じることには不安や恐怖を和らげてくれる効果でもあるようで、恐れで縮こまった樹生の心が、愛撫で徐々に解けていく。樹生を吸い上げるアンドレアの息も、僅かずつ弾んでいく。

もしかしたらアンドレアも、肌を合わせることに慰めを求めて――?

「あぁっ、んぅうっ、アンドレア、も、無、理っ」

限界を訴えると、アンドレアが樹生を口にくわえたままこちらを上目に見つめて、さらに激しく吸引してきた。淫猥に誘うようなその目と激しい悦びに、樹生の下腹部がキュウキュウと収縮する。

「は、あぁっ、ぃ、くっ、達、ちゃっ……！」

叫んだ瞬間、樹生の欲望が爆ぜ、切っ先からドッと白蜜が放たれた。アンドレアの口腔いっぱいに溢れた自らの蜜の熱さに、羞恥を覚える。

（達かされ、ちゃった……）

信じられないくらい呆気ない放埒に、まなじりが濡れる。白濁が洩れぬよう口唇を窄めながらアンドレアが顔を上げ、それからコクンと喉を鳴らして嚥下する。あんなものを飲ませてしまったなんて、申し訳なくて泣き出しそうになる。

「ご、ごめんな、さい、我慢、できなくてっ」

「何故謝る？　むしろ嬉しいよ。俺のフェラチオで、ちゃんと感じてくれたってことだろう？」

アンドレアが言って、艶麗な笑みを見せる。

「もっと感じさせてやるよ、ミキ。きみをたくさん愛してやる」

「あ……！」

ソファの上でアンドレアに体をくるりとうつ伏せにされ、下着をズボンごと膝の辺りまで下ろされて、叫びそうになる。そのままソファの座面に膝をつかされて腰を上げさせられ、尻たぶを両手で開かれたので、慌てて振り返ると、アンドレアが樹生の双丘にチュッとキスをして、甘い声音で告げてきた。

「後ろも味わわせてくれ。きみの中も」

「やっ、アンドレア！　そ、な、とこっ、舐めちゃっ……！」

むき出しになった後孔にアンドレアが顔を寄せ、舌でピチャピチャと舐め始めたから、腰を捩って拒絶を放った。

だがアンドレアは両手で樹生の双丘をがっちりと押さえ込み、皺を解くようにくるくると舐ってくる。ぬめる舌の感触に、悲鳴が洩れる。

「ひ、ゃあっ、そ、なっ、駄目、だめぇっ」

そんなところを舐められるなんて、恥ずかしすぎて泣きそうになるが、肉厚な舌で繰り返し舐られ、舌先で窄まりを穿たれるうち、やがて外襞が捲れ上がって開き始めた。

アンドレアが口唇を離して、ほう、とため息を洩らす。

「……ああ、綺麗だな、ミキの中は。とても美しい薔薇色をしてる」

「あ、あっ、見ない、でっ」

「恥ずかしがらなくていい。本当に綺麗だから。それにミキは、ここでだって感じられるだろう？」

「ああっ、あん、指、ゃあ」

解けた後孔に長い指を挿し入れられ、中の感じる場所をダイレクトになぞられて、腰がビンビンと跳ねる。

ハッサンにもそこをたっぷりと刺激され、樹生は何度も啼かされている。アンドレアが指を二本に増やしてゆっくりと抽挿させながら、嬉しそうに言う。

「ミキは本当に感じやすくて、反応も可愛いな。容姿も心も体も、すべてが完璧だ」

「そ、な、ことっ」

「きみのすべてが、俺を癒してくれる。俺には、きみが必要なんだ……！」

「アン、ドレア」

どこか切実さの滲む声音でそう言われると、何だか胸がキュウっと締めつけられる。

あんな恐ろしい目に遭うのがアンドレアの日常なのだとすれば、そうは見えなくても、彼はいつも心を擦り減らして生きているのかもしれない。

そんなにも心疲れ、傷ついた人を、自分などが癒せるなんてとても思えないけれど、アンドレアが心から樹生を必要としているのをひしひしと感じてしまうと、何だかもう抗うこともできなくなる。

「きみの中に、入らせてくれるか？」

アンドレアに訊ねられ、樹生は答える代わりにソファに顔を埋め、腰を上向かせた。アンドレアが後ろから指を引き抜いて、静かに言う。

「嬉しいよ、樹生。絶対に気持ちよくしてやるからな」

アンドレアがミシリと音を立ててソファに乗り上げ、樹生の腰を引き寄せる。

衣服を緩める音に続いて、熱くて硬いものが樹生の後ろに触れる。ふっと息を詰めた瞬間、アンドレアの雄が樹生の後孔を貫いた。

「ああっ、く……！」

「体が少し強張っているぞ、ミキ。力を抜いてごらん」

「う、ぅ、で、もっ」

「大丈夫だ。きみは俺をちゃんと受け止めてくれてる。まるできみの中に、引き込まれていくようだ」

アンドレアが腰を使ってゆっくりと刀身を沈めながら、優しく言う。

何とか体の力を抜きたいのだが、狭いソファの上で四つに這っているせいか、上手くできない。するとアンドレアが、樹生の前に手を回し、欲望や双果を優しく撫でてきた。

「あ、んっ、ぁあ、あ」

「ふふ、そうだ。少し体を緩められたな。とても上手だよ、ミキ」

前を慰められる快感に引きずられるように、樹生の体から力が抜けると、アンドレアが抽挿を速め、樹生の内筒をたっぷりと擦り立て始めた。

「あっ、ああっ、あん、んっ」

熱杭のようなアンドレアの肉茎に体内をなぞられ、吐息に嬌声が交ざる。体の芯からふつふつと沸き上がってくる快感の強さに、自分でも少し驚いてしまう。

高峰に男型で拡張され、三人に「処女」を散らされ、そしてハッサンに繰り返し抱かれてきた樹生の体は、時間をかけて解さなくてもすぐに雄を受け入れ、淡い快感を拾い上げられるようになってしまったようだ。知らず動きに合わせて腰を揺すると、感じる場所にアンドレアがいい具合に当たって、上体が跳ね上がるほどの強い悦びが背筋を駆け抜ける。淫らな自分の体が、何だかとてつもなく恥ずかしい。

「……くっ、凄いぜ！　ミキが俺に吸いついて、追いすがってくるっ」

「ふっ、ぅうっ、アン、ドレァっ」

「きみに、包まれてる……、俺が、きみにっ……！」

「はぁっ、あぁっ、あああっ」

アンドレアが上体を倒し、樹生の背中にぴったりと身を寄せて体を抱きしめる。そうしながら、しなやかな腰の動きで樹生の中を浅く深く欲望で穿ち上げ、激しく追い立ててくる。

まるで野生動物のそれのような、荒々しく貪欲な交わり。

貫かれるたび脳天までグラグラと揺さぶられ、徐々に意識が溶けてくる。二人の境界が曖昧になっていく感覚に、理性の糸も振り切れて――――。

「ぁ、ぐぅうっ！　ら、めっ、も、らめぇえっ！」

「達きそうなのか、ミキ？」

「いくっ、っちゃっ、イっちゃうぅうっ――――！」

もはやまともに言葉も出せぬまま腰を振り立て、アンドレアをキュウっと絞り上げて樹生が達き果てると、アンドレアもウッと唸って樹生の最奥に切っ先を突き立て、ぶるっとその身を震わせた。

腹の奥に浴びせられた白濁の熱さに、ため息が出る。

「あ、あ……」

「樹生……、きみは、最高だ！」

樹生の耳朶に口唇を這わせながら、アンドレアが囁く。樹生は半ば意識を飛ばしながら、その甘い声を聞いていた。


「……ミキ、俺とはぐれると戻れなくなるぜ？　もっと近くにいろ」

「あ……、は、はい」

アンドレアに手を取られ、指を絡めて繋がれてドキリとする。

アンドレアはまったく気にしていないようだが、日本で言うところの、いわゆる恋人つなぎで街を歩くのは、男同士ということもあり少々気恥ずかしい。

『新鮮なタラ、それにエビもあるよ！』

『ビーツが美味しいよ！　サラダにどうだい！』

耳に届くのはギリシャ語で、樹生にはまったく聞き取れない。だが、朝市はなかなか盛況のようだ。

豪華客船「ルクレツィア号」は、早朝にギリシャ、アテネ近郊の港に入港し、停泊している。パスポートがなく、本来下船することはできないはずなのだが、アンドレアに少し街を散策しに行こうと誘われ、樹生は特別に船を下りられることになったのだ。

港には大きな魚市場があって、傍の広場では朝市が開かれており、観光客で大変賑わっている。新鮮な果物や野菜、花などが溢れている中をアンドレアと二人でそぞろ歩くのは、時間を忘れてしまいそうに楽しいのだが――。

(まるで、新婚さんみたいだ……)

暴漢に襲われ、アンドレアの求めるままに抱かれてから、四日。

あの翌朝、誰かに襲撃される夢を見て夜中に目覚めてしまったと話したせいもあるのだが、樹生はアンドレアとほとんどずっと一緒に過ごしている。アンドレアと一緒に食事をし、カジノやショーを楽しんで、夜は同じベッドで眠りにつく毎日は、まるでハネムーンクルーズにやってきたカップルのようだ。

実際には恋人でもなければ伴侶でもないのに。

(もしかしてアンドレアは、僕を日本に帰す気がないのかな？)

アンドレアによれば、外国籍の偽造パスポートを作ってそれで日本へ入国し、その後パスポートを破棄すれば、すべてなかったことになると言うのだが、その手はずがなかなかつかないとかで、状況が何も変わらぬまま毎日が過ぎていく。

船の行き先はアメリカだが、もしやこのまま連れていかれてしまうのではないかと、ほんの少し心配になる。

「樹生？　どうした？」

「あ、いえ、何でも」

「そうか？　……ああ、もしかして、あれが食べたいのかな？」

アンドレアが訊いてきたので、ぼんやり視線を向けていた先を見ると、そこにはアイスクリームスタンドのような店があった。

どうやらアテネの名物である水切りヨーグルトの店らしい。濃厚なクリーム状のヨーグルトに、透明ケースに入った色とりどりのフルーツやソース、蜂蜜などをトッピングして食べるもので、日本の一部の高級スーパーでも人気のようだが、樹生は食べたことがない。

「俺が買ってきてやろう。そこで待ってろ」

広場の真ん中にある噴水の傍のベンチを指して、アンドレアがさっと店のほうへ歩いていく。アンドレアはそんな恋人みたいな振る舞いをごく自然にする。

ヨーグルトを食べてみたい気持ちも少しだけあったので、樹生はベンチまで行って腰かけ、アンドレアの長身の背中を遠くから見ていた。

すると――――。

「須郷、樹生様ですね？」

いきなり名前を呼ばれたので、ハッとして声のしたほうを見る。

ダークスーツの男が二人、樹生の傍にやってきたと思った瞬間、後ろから口と鼻とを塞がれた。

「……んっ、ぅ……！」

薬品でもかがされたのか、一気に視界が薄れていく。声も出せぬまま、樹生は意識を失っていた。


「……彼は？　まだ目覚めないのか？」

「はい、旦那様。ぐっすり眠っておいでです」

「そうか。すまないが、私が帰るまで見ていてやってくれないか」

「お安いご用です、旦那様」

聞き覚えのある美しいクイーンズイングリッシュと、やや田舎訛りのある英語。シンとした部屋に響くその声に、樹生はうっすら目を開いた。

（えっ……、また知らないところに、いるっ？）

目に入ったのは高い天井、そして金糸をあしらった重厚な壁紙だ。どう見てもここは、

「ルクレツィア号」のスイートではない。どうやら樹生は、またどこかへ連れてこられたようだ。いくぶん脱力しながらドアのほうに顔を向けると。

「おお、マキ！　目が覚めたか！　気分はどうだ？」

樹生が目覚めたのに気づいてこちらへ駆け寄ってきたのは、エドワードだった。また名前を間違えていることに、何だか妙な懐かしさを覚えてしまうが、まさか今度はエドワードが樹生を連れ去ったのだろうか。

エドワードが席を外すよう言うと、傍らにいた召使いと思しき青年が、会釈をして部屋を出ていった。エドワードがベッドの傍に屈み、気遣わしげな目をして言う。

「日本でいなくなってからずっときみの行方を追ってきた。ようやくきみを保護することができたよ。まったく、ハッサンもアンドレアも金に飽かせて無茶をする」

「エドワード……」

「友人の政府の人間を通じて事情を説明して、外交問題にならぬよう、私がきちんと帰国の手はずを整えるから、しばしこの家で待っていてもらえるだろうか」

「あ、あの、ここは……？」

「ロンドン郊外の私の屋敷だ。きみの父上には起こったことをすべて説明して、きみがここに滞在していると話してある。何も心配はいらないよ、マキ。……ああ、いや、ミキ」

間違いに自分で気づいて、エドワードが少し照れたような顔をする。

最初に好意を告げてきた相手ではあるが、ハッサンやアンドレアと違い、エドワードは何だか落ち着いた態度だ。父にもきちんと話をしてくれたのだと思うと、安心感を覚える。

「私はこれから少し外出しなければならない。お父上に連絡を取ってくれてもいいし、屋敷の中や庭を好きに見て歩いてもらってもかまわない。先ほどの召使いはジョンというのだが、何か必要なことがあれば彼に言ってくれ」

そう言ってエドワードが、優しく微笑む。

「きみは我がランスロット家の大切なゲストだ。自分の家だと思ってくつろいでくれ」


エドワードが出かけてしまってから、三時間ほどあとのこと。

一応父に電話で連絡をしてから、軽く昼食を食べたあと、樹生は広大な庭の散策をして過ごしていた。少し休憩しようと屋敷に戻ってくると、先ほどのジョンという召使いが、さりげなく訊いてきた。

「樹生様、何かお飲み物はいかがですか？」

「ありがとう、今は大丈夫です」

「では、お部屋までご案内いたしますね」

ジョンが言って、先に立って歩き出す。

屋敷があまりにも広くて、先ほどの部屋の場所を覚えていなかったからとても助かる。

大理石の長い廊下をジョンに続いて歩きながら、樹生は屋敷の中を見回した。

(何ていうかこう、ひんやりした感じだな)

庭も屋敷の中もとても清潔で、丁寧に手入れが行き届いているのだが、ハッサンの豪奢な城やアンドレアのクルーズ船と比べると、何やら少し寒々しい雰囲気だ。

どうやらここで暮らしているのは、ランスロット家の当主であるエドワードと、他には数人の召使いだけのようで、英国らしい質素さとはまた別の、ひと気のなさからくる侘しさのようなものが漂っている。いつもノーブルで華麗な雰囲気を醸し出しているエドワードの住まいとしては、やや意外だ。

いたるところに彫刻や絵画などの美術品も飾られているし、部屋や廊下の壁には代々の当主やその家族の肖像画や写真が並んでいるので、確かな歴史を感じる屋敷ではあるのだが。

「……あれ、あの写真って……」

広いサロンのような部屋を通り抜ける途中で、壁にかかっているいくつかのカラー写真が目に入った。

大きく引き伸ばされた真ん中の写真に写っているのは、エドワードとハッサン、そしてアンドレアだ。

「こちらは、旦那様がこの屋敷を出て、スイスのボーディングスクールに通っていらした頃のものです」

立ち止まって見ていると、ジョンが説明してくれた。傍にかかっているほかの写真も同じ頃のもののようで、ハッサンやアンドレアも学生らしい明るく元気な表情を見せている。中にはアジア系の少年が写っている写真もあり、三人と楽しげにふざけあっている。自由闊達な学生生活が垣間見えるようだ。

（この人も、留学生なのかな？）

写真の中のアジア系の少年を見ていると、自分の夢を思い出す。

元々樹生は海外志向が強いほうで、できれば留学などしてみたかったと思っている。インターンとしてニューヨークで働いていた頃は本当に楽しかったし、父が倒れなければもう何年かあのまま働いていただろうと思うと、また海外に行きたいなと、ほんの少し心が揺れることもあった。

でも、今ならどうだろう。

旅館を続けたいという気持ちは確かにあるが、もしも廃業になるなら。

父が決意を変えることなく、明月館を閉鎖するなら。

自分はまた海外で働くのもいいなと、そんな思いもなくはなく――。

「似ていらっしゃいますね、やっぱり」

「……えっ？」

写真を見ながらあれこれと考えていると、不意にジョンに声をかけられた。キョトンとして顔を凝視すると、ジョンは微かにためらいながらさらに言った。

「樹生様は、その写真の方に雰囲気が似ていらっしゃる。ご自分では、お気づきじゃないですか？」

「……？」

ジョンの言葉に、もう一度写真を見てみる。ジョンが言っているのは、きっとこのアジア系の少年のことだろう。少し線が細い感じの華奢な容姿の少年だが、当然ながら見たこともない人物だ。樹生は曖昧に微笑んで言った。

「東洋人は、皆よく似ていると言われますからね」

「……ですが、彼は日本人ですよ？　あなたも、日本人なのでしょう？」

「それはそうですけど……」

ジョンが食い下がってきたが、それがどういうことなのか分からない。いまどき海外の学校に留学する日本人なんて、そう珍しいわけでもないだろうに。

「あ、あの、どうしてあなたは、そんなことを……？」

怪訝に思い、そう訊き返したところで、ジョンが樹生の肩越しに廊下の先を見て言った。

「……お帰りなさいませ、旦那様」

振り返ると、エドワードが帰宅したところだった。

「ただいま。樹生、独りにしてすまなかった」

「いえ、大丈夫です。お庭を散歩させていただいてました」

「そうか。ジョン、樹生とテラスで一服したい。用意を頼む」

「かしこまりました」

エドワードの言葉に、ジョンが会釈をして樹生の前から立ち去る。エドワードが誘うように言う。

「帰国の件について、茶でも飲みながら少し話そう。来てくれ」

「あ、はい」

もしや今の外出は、その件でどこかに出向いてくれていたのだろうか。樹生は希望を抱きながら、エドワードについていった。


「わあ、こうしてみると、本当に広いですね！」

「先ほどきみが散歩してきたという橋は、ちょうどあの林の裏側だ。その向こうに丘があるのが分かるか？」

「ええ、見えます」

「あの辺りには、野ウサギの巣があるんだ。あまり姿を見せることはないが、可愛いものだよ」

(……凄い。こんなに素敵なお庭を、毎日眺められるなんて)

屋敷の二階にある明るいテラスで、エドワードと英国式アフタヌーンティーを楽しみながら眺める庭は、どこまでも広大だ。

小高い丘や林を縫うように小川が流れ、そこここに野生のバラやヒナギクが咲きこぼれる野趣溢れる雰囲気は、何となく日本の里山に通じるものがあり、ホッと気持ちが安らぐ。屋敷のやや寂しい雰囲気を和らげ、落ち着いた気分にもさせてくれる。

ハッサンやアンドレアと過ごしたゴージャスな時間も印象的だったが、こういうシンプルで静かな時間を自宅のテラスで過ごせるというのも、とても贅沢で素敵なことだと思う。

「きみのパスポートだが、どうやら来週には手に入りそうだ」

「本当ですかっ?」

「ああ。きみも不安だっただろう。もう安心してくれていい」

「ありがとうございます。本当に、助かりました」

ハッサンに日本から連れ去られたのはまだほんの半月ほど前のことなのに、もうずいぶん時間が経っているような気分だ。ようやく戻れると思うと安堵を覚える。

でも。

（そんなに、悪くもなかったかも）

考えてみれば、樹生はそれほど危機感を抱いてはいなかった。

ハッサンやアンドレアに翻弄されたのは確かにそうで、エドワードの「保護」の仕方もやや強引だったとは思うのだが、これで帰れるという安心感を持って三人との時間を振り返ってみると、ある意味得難い経験をしたという気もしないではない。

熱烈な求愛を受けたことへの戸惑いはもちろんあるものの、アラブの王族の砂漠の城や、豪華客船のスイート、それに英国貴族の大邸宅に迎えられ、まるで賓客のようにもてなされることなど、あのまま旅館の支配人をしていたらあり得なかったわけで——。

「パスポートが無事に発行されたら、日本に帰国する日取りを決めよう。航空機の手配はもちろん私がする。それまで、きみにはもう少しこの屋敷に滞在してもらうことになるが、何か足りないものはないか、樹生？」

「いえ、大丈夫です」

「そうか？　食事でも身の回りのものでも、言ってくれれば希望に沿えるようにする。日本から取り寄せたほうがいいものなどないか？　遠慮なく言ってくれていいんだぞ？」

「本当に、大丈夫ですよ。ジョンさんやほかのメイドの方にも凄く親切にしていただいてますし、これ以上気を使ってもらうのはもったいないです」

「……もったいない？　きみの希望を訊くことがか？」

「ええ。そう思います」

そう答えたけれど、エドワードは訝しげだ。樹生としては遠慮などまったくしていないし、何も足りないものなどもないのだが、今一つ通じていないらしい。

樹生は少し考えて言った。

「ハッサンやアンドレアと過ごしていてもそう感じたのですが、皆さん、したいと思ったことは大体どんなことでも、本当にできてしまうんですよね。だからきっと、僕がこうしてほしいってお願いしたら、何でも叶えてくださるんじゃないかと思うのですが……」

「？　そのつもりだが？」

「……ふふ、ありがとうございます。でも、僕はそういうのは、ちょっと違うなって。たぶんこういうのを、住む世界が違うって言うんだと思います」

「住む、世界……？」

「ええ。だって僕、自分は本当に庶民なんだなって、皆さんといると本当に実感するんです。それは別に卑屈な意味ではなく、なのですが」

樹生の言葉に、エドワードが興味深げな顔をする。樹生は思ったままに言葉を続けた。

「実は僕、ちょっとだけ楽しかったなって思っているんです。ハッサンに連れ去られたり、アンドレアの船に乗せられたり、物凄く翻弄されちゃいましたけど、何だか映画の世界にでも迷い込んだみたいだったから……。けどそれは、僕にとっては全部普通のことじゃなくて。だから僕は、これ以上何かを求めようとは思わないんですよ。エドワードにも、ほかのお二人にも」

「樹生……、きみは、そんなふうに考えて……？」

エドワードが言って、感嘆したように続ける。

「きみは本当に素晴らしい人だ。きみは足るを知り、人にとって大切なものが何かをきちんと知っている。だから多くを欲しがらないのだな？」

「エドワード……？」

「私はきみの、そういうところに惹かれているのだよ。富や権力では決して買うことができない、きみの美しい心に」

「……っ」

うっとりと甘い声でそう告げられ、ドキリとする。

ここへ来てからそんなそぶりは見せていなかったのに、エドワードもやはりまだ樹生への気持ちを胸に秘めていたのだ。樹生は慌てて首を横に振って言った。

「そ、そんな。僕はそんなに大した人間じゃないです。買いかぶりすぎですよ！」

「そんなことはない。きみはもっと自分の素晴らしさに気づくべきだ」

そう言ってエドワードが、テーブルの上で樹生の手をギュッと握ってきた。何やら翳りのある目をして、言葉を続ける。

「……樹生。この屋敷の凍えるような寒さに、きみは気づいているか？　ランスロット伯爵家のうそ寒い虚栄に？」

「え……？」

「かつてこの屋敷には、週末ごとに多くの親類縁者、それに各界の名士が集っては、茶会やパーティーが開かれていた。使用人の数も、ロンドン一を誇っていたものだ」

　エドワードがそう言って、冷めた目をする。

「だが私の父が事業に失敗して多額の負債を背負ってからは、まるで潮が引くように人々は去っていった。父を支えようと自らの資産を差し出した母は、狡猾な金融業者に騙されてそのほとんどを失い、失意の中病死した。すべて私が幼少の頃のことだ」

「そんな、ことが……？」

　思わぬ話に息をのむ。まさかそんな激動の幼少期を過ごしていたなんて思いもしなかった。エドワードが哀しげに話を続ける。

「私はこの家の嫡子で、唯一の後継ぎだった。だから私は、自分が父を支えてこの家を再興しよう、栄光あるランスロット家を取り戻そうと誓い、海外に出て懸命に学んだ。だが経営を学んでこの地に戻り、事業を興して大きく広げ、父の借金を完済した矢先、父は事故で呆気なくこの世を去った。どんな厳しい状況でも手放さなかったこの屋敷と、代々受け継がれてきたロンドン市内の土地とを、私に遺して」

エドワードが言って、むなしそうな目をする。

「私は否応なく、若くしてランスロット家の後を継いだ。すると私の周りには、かつて去っていった親類縁者や取り巻きたちがまたまとわりついてきた。華やかで輝かしく見えていた茶会やパーティーの日々、私が取り戻そうとしていたものは、結局のところただの虚栄にすぎなかったのだと、私はそのときに気づいたんだ」

そう言うエドワードの顔には、自嘲するような表情が浮かんでいる。周りに幻滅させられ、悔しい思いをしてきたのだろうか。自分が大切にしていたもの、そのために懸命になって努力してきた時間そのものを汚され、むなしい気持ちにさせられてしまったのか。

かける言葉が思いつかず、黙って見つめると、エドワードが握った樹生の手を持ち上げて、両手で包むように握って言った。

「この家で受け継いだものを守るだけの人生は地獄だ。だがきみがいてくれたら、私はそれだけで救われる。私をただの男でいさせてくれるのは、きみだけだ」

「エ、ド……？」

「私は本当は、きみを帰したくない。樹生、どうかこのまま、私の傍にいてくれないか？」

「っ……」

エドワードが樹生の手を握ったまま椅子を離れ、いきなり樹生の脇にひざまずいたので、目を見張った。樹生の手の甲に口唇を押し当てて、エドワードが告げる。

「きみを愛している。きみを一生大切にすると約束する。だから私だけのものになってくれ」

「エドワード、それはっ」

「私を選んでくれ、樹生。ハッサンでもアンドレアでもなく、私を……！」

熱情のこもった目でこちらを見つめ、エドワードが言いかけたそのとき――。

「……旦那様、お客様がお見えなのですが」

ためらいながらも通る声で、ジョンが告げてくる。エドワードがジョンのほうを見て、何か察したように言葉を返す。

「……分かった。サロンに通してくれ、ジョン」

「かしこまりました、旦那様」

ジョンが答えて去っていく。エドワードが立ち上がり、クスリと笑って言う。

「ハッサンとアンドレアが来たようだ」

「えっ、お二人が？」

「一度四人で話し合うべきだと思って、呼んでおいたのだ。樹生もおいで」

話し合うも何も、修羅場の予感しかしないのだが。

先に立って歩き出したエドワードに、樹生はやや不安に駆られながら慌ててついていった。

「――――いいや、それはよく分かっている。樹生を好きな気持ちは皆同じだ。だが彼の気持ちを無視して連れ去るなど恥ずかしくないのか、ハッサン！」

「それはあなたが抜け駆けをして気持ちを伝えてしまったからでしょう、エドワード？　プライベートジェットを差し向けようとしていたこと、私が知らないとでも？」

「私は樹生の気持ちを第一に考えていた。無理やり拉致しようなどとは思ってもいなかったぞ？」

「ハッ、どうだかなあ？　ご立派なエージェントを雇って俺からミキを奪って、ここに連れてきて独り占めしてるんだから、おまえだって同じようなものだろ？　ここの警護も前より厳重になってるじゃないか」

「アンドレアこそ、傭兵を雇うのはさすがに行きすぎだ。それに、船で樹生をアメリカまで連れていこうとしていたではないか！」

「……あ、あの、ちょっと皆さん、落ち着いてください……！」

　強い口調で言い合う三人の姿にすっかり圧倒されつつも、樹生はなだめるように言った。

「皆さんの主張はよく分かりましたから！　その、そろそろ僕の意見も、聞いてもらえませんか？」

話し合うと言いつつ、結局三人の言い争いになっていた。いい加減こちらにも何か言わせてほしい。そんな思いで樹生が言うと、三人は口をつぐんでこちらを見つめてきた。

「……そうだな、やはり樹生の気持ちを一番に考えるべきだ」

エドワードが言って、頷いて続ける。

「ぜひきみの気持ちを聞かせてくれ。きみは我々のうちの誰を選ぶのだ？」

「はっ？」

「私も聞きたいです。ぜひ教えてください」

「俺もだな。結局ミキに決めてもらうのが一番いい」

「……ええと、その……。選ぶとか、そういうことじゃなくてですね……」

三人の中から誰かを選択することが前提になっているのがまずおかしい。

話の通じなさに内心頭を抱えながら、樹生は訊いた。

「あの、凄く今更ですけど、そもそも皆さんは、本当に僕のことが好きなんですか？　僕なんて、何の取り柄もない人間ですよ？」

「何を言っている。きみは飾らず真っ直ぐで素晴らしい人だ。きみの傍では、私は心穏やかでいられる。私のきみへの想いは確かなものだ。どうか信じてほしい」

「エドワード……」

「樹生。あなたは清らかで裏表のない心を持っている。あなたのおかげで、私は王族としての地位に固執せず自由に生きると決意することができた。あなたは信頼できる。あなたに傍にいてほしいのです」

「俺にとって、ミキは太陽だ。きみがいてくれたら、俺はずっと健全な精神を保っていられる。マフィア稼業の闇に心を荒ませて生きていくこともないだろう。俺にはきみが必要なんだ」

「ハッサン、アンドレア……」

三人の告白は皆真剣で、樹生を心から想ってくれているのが伝わってくる。

その気持ち自体は嬉しいのだけれど。

(でも、僕は応えられないよ)

この中の誰かを選べと言われても、三人に順位をつけたりすることはできない。それに、やはり今は父と旅館のことを一番に考えたい。

樹生は三人を順に見つめ、ためらいながらも口を開いた。

「皆さんのお気持ちは、とても嬉しいです。でも、僕には皆さんの気持ちに応えることはできません。あなた方の中から、誰か一人を選ぶことも」

「ミキ……」

「今は、父や旅館をどうするかを第一に考えたいんです。だからどうか、僕を日本に帰してください」

樹生がきっぱりとそう言うと、三人が思案げな顔をして視線を交わし合った。アンドレアが探るように訊いてくる。

「日本に帰ったら、またあの高峰とかいう下種な男がきみにつきまとうかもしれない。そうしたら、どうする？」

「ど、どうって、僕はもう彼とは……」

「今はそう思っているでしょう。でもミキ、あなたは本心では旅館を存続させたいと思っている。そんなあなたは、もしかしたらあの男に言いくるめられ、その手に落ちてしまうかもしれませんよ？」

「ハッサン……」

「我々が一番危惧しているのはそこだ。金で縛りつけて好きにもてあそびたいだけの下劣な男にきみを渡すなど、到底耐えられないことだ」

エドワードが言って、樹生をじっと見つめて言葉を続ける。

「だが、我々はあの男とは違う。よく考えてくれ、樹生。あんな男と一緒になるより、きみを心から愛している我々とともにある未来を選ぶほうが、どれだけいいか」

「そうだぜ、ミキ。お互いちょっとばかり焦ったせいでミキを奪い合うようなことになったが、元々俺たち三人は、心から認め合い信頼し合っている仲だ。きみが誰を選ぼうとその選択を受け止め、祝福し合えるはずだ」

「アンドレア……、でもっ」

「あなたはただ選ぶだけです。さあ樹生、誰を伴侶としますか？」

「ちょ、待ってください。そんな一方的に言われても、困ります……！」

三人に答えを迫られ、困惑して首を横に振ると、アンドレアが咎めるような目をして言った。

「なあ、ミキは愛のない相手との結婚を受け入れようとしていたんだろ？　なのにきみを心から愛している俺たちにはチャンスをくれないなんて、ちょっとフェアじゃないんじゃないか？」

「ええっ？」

「本当ですねえ。まさか、この期に及んでまだ我々の本気を試しているのではないでしょうね？　これは駆け引きですか？」

ハッサンも言って、心外そうな顔をする。そんなつもりはなかったので慌てて否定しようとしたら、エドワードが横から言った。

「そんなわけがないだろう、アンドレア、ハッサン。樹生は奥ゆかしい性格ゆえ、自分の本心を見せることをためらっているだけだ」

「ああ、なるほど！　そういうことか。ミキは照れてるんだな？」

「そうなのですね。恥ずかしくて本心が言えないなんて、可愛いですねえ」

「……いえ、あの……、僕はさっきから、本心しか申し上げていないんですけど……」

自分たちの愛情が受け入れられないかもしれないなどとは微塵も考えていない様子の三人の言葉に、気が遠くなってくる。

もしやこの三人は、今まで気持ちを告げた相手に振られたことなどないのだろうか。

（これ、もう何言っても駄目かも）

まともに断っても、きっとまた言いくるめられてしまう。一体どうしたら彼らに諦めてもらえるのか。

何か彼らには絶対に受け入れられなさそうな条件を提示してみるのも手だが、元より恵まれた出自でなおかつ自分の人生の道を自ら切り開き、望みをすべて叶えてきたような三人に、不可能なことなんて——。

そう思ったところで、ふと閃いたことがあった。樹生は思いついたまま言った。

「じゃ、じゃあ、皆さんで日本に来て、僕の旅館で働いてください！」

苦し紛れの樹生の言葉に、三人が一瞬言葉を失ったように黙って、こちらを凝視してきた。樹生は三人を見回して、さらに言った。

「日本には、花嫁になる女性に花嫁修業や行儀見習いをさせる習慣があります。皆さんは花婿、ですけど……、明月館で働いて、僕に本気を見せてください。どなたを選ぶか、それを見て考えますから」

花嫁修業だとか行儀見習いだとか、そんなものは大昔の遺物だし、セレブリティの彼らがそんな提案に乗ってくることはないだろうと、半ばそう思いながら樹生が言うと、三人は唖然とした表情を見せて、それから互いに視線を交わし合った。

さすがに諦めてくれるだろうか。

「……なるほど、それは名案だな。私はかまわないぞ？」

「はっ？」

「私もかまいませんよ。エドのように日本語はできませんが、それでよろしければ」

「俺もいいぜ。やり方としてもフェアだしな」

「……ちょ、ハッサン……、アンドレアまで……！」

まさか三人が受け入れるとは思わず、焦ってしまう。大体父に何と説明すればいいのだろう。エドワードがニコリと微笑んで言う。

「我々が傍にいれば、あの男も手出しはできまい。樹生のパスポートができたらすぐに日本へ行こう！」

エドワードの言葉に、ハッサンとアンドレアも頷く。彼らの目は本気だ。

思いもかけない話の成り行きがまだ信じられず、樹生はただ茫然としてしまっていた。

■ ■ ■

「樹生さん、今ネットで来週末四名様のご予約が入りました！」

「ホントですか！　じゃあ、今月はもうすべて埋まりましたね！」

明月館本館の事務所で受付担当者の報告を聞いて、樹生は顔をほころばせた。思ったよりも好調な客の入りだ。

（閉館を急がなくてよかった……）

樹生が日本に帰国して、ひと月ほど。明月館は今、一日数組の客に限って予約を受け入れる形で細々と営業している。

樹生がいない間に父が多くの従業員に暇を出し、旅館を閉める準備を始めていたからだが、帰ってきた樹生がまだ旅館を閉鎖したくないと父に強く訴えた結果、規模を縮小して営業を続けることになったのだ。

食事やサービス内容を見直し、「女性を癒す隠れ宿」をテーマにした宿泊プランを打ち出したところ思いのほか評判が良く、今のところ三か月先までそこそこ予約が入っている。まだまだ経営再建への道筋が立っているとは言い難いが、幸先はいいと言える。

樹生はホッとした気持ちで、予約状況の確認のために見ていたＰＣのモニターから顔を上げ、事務所の窓の向こうに見える駐車場に視線を向けた。

そこには作務衣《さむえ》姿の男がいて、竹箒で掃き掃除をしているところだった。

褐色の肌をしたその男は、ハッサンだ。

「……彼、笑顔が素敵ですね。作業もとても丁寧で、言葉は通じないけどみんな凄く感心してますよ」

受付担当者が言って、微笑んで続ける。

「あちらの彼も仕事がとても手早くて、男衆が驚いてましたよ。いかにも洒落た伊達男って見た目なのにモップも似合うんですから、天は二物を与えてますよねえ？」

「……ふふ、確かにそうですね」

駐車場にいるハッサンから、本館の露天風呂の清掃をしているアンドレアへと視線を移して、樹生は答えた。アンドレアも作務衣を着て、頭には手拭いを巻き、風呂の目隠しになっている塀をモップでごしごしと拭いている。

「もう一人の金髪の方も何でも率先してやってくれるし、とても働き者ですよねえ。今までもこういうお仕事をされてたんでしょうか？」

そんなことはまったくない。それどころかそういう雑事は生まれたときからすべて召使いがやっていて、自分では一切やったことがないはずだ――。

そう言いたいのをこらえて、樹生は曖昧に笑って言った。

「さあ、分からないですが、たぶん皆さんとても器用なんだと思いますよ。人手が少ないですし、凄く助かりますよね。日本の旅館のこと、いっぱい勉強して帰ってくれたらいいですね……」

『我々は三人で観光事業の会社を興したいと考えています。丁寧で行き届いたサービスを学べる日本の旅館で、どうか我々に研修をさせてください』

エドワードたち三人が、わざわざ療養中の樹生の父の元まで出向き、父の前に正座してそう言って頭を下げたのは、樹生と共にイギリスからやってきてすぐのことだった。

まさか明月館で働きたい理由をそんなふうに説明するとは思わなかったし、父がそれをオーケーするとも思えなかったのだが、三人がいずれ共同で事業を興すつもりでいるのは本当だったので、それを観光事業に絞ってもっともらしく話したところ、父から許可が出たのだ。

宿泊客に姿を見られないよう昼間の時間に限ってだが、ハッサンは表やフロアの掃除、アンドレアは浴場清掃、エドワードは客室業務その他雑用係を、それぞれ担当している。

だが父も旅館で働く従業員も、まさかそれが、彼らが樹生に求婚するために課せられた「花婿修業」だなんて想像もつかないだろう。

(三人とも、本当に真剣に働いてくれているな……)

旅館の仕事は、決して楽ではない。

まして今はギリギリの人数での営業なので、樹生も朝から晩まで休む暇もなく働いていて、やや過労気味だ。生まれついてのお金持ちで、こういう仕事をやり慣れていない三人は、本当はかなり苦戦しているはずなのだが、三人とも一生懸命で弱音なども吐かず黙々と働いている。

思いつきで試すようなことをしてしまって悪かっただろうかと、何だか少しそんな気持ちになってくる。

あとで美味しいお茶ととっておきの茶菓子を出して、労をねぎらおう。樹生はそう決めて、厨房の様子を見に行こうと事務所を出ていった。

それから、二時間ほどあとのこと。

「……エドワード、こちらでしたか」

離れの和室の襖を開けて、樹生は作務衣姿の背中に声をかけた。エドワードが顔を上げ、こちらを振り返る。

「樹生……？」

「もうすぐ三時になりますよ。ティーブレイクなさってください。お茶とお菓子をお持ちしましたから」

「ああ、もうそんな時間か、夢中になっていて気づかなかったよ」

エドワードが少し照れたように言って、手にしていた針と糸をくるりと操って玉止めをし、針を裁縫箱に戻す。

彼の周りにはたくさんの布団やシーツ、カバーなどの布製品が山積みだ。どうやら朝からずっと繕いものをしていたらしい。指に巻いている絆創膏は、もしや怪我をしたということでは――――？

「……あの、エドワード。何だか、すみません」

「ん？　何がだ？」

「あなたにこんな仕事をさせてしまって。ほかのお二人もですけど、花婿修業だなんて、思いつきでそんなことを言うものじゃなかったです……」

彼らに任せているのは皆大切な仕事ではあるが、国に帰れば立派な地位にあり、どこへ行っても下にも置かぬ扱いを受けているであろう三人に、いわば下働きのようなことをさせているのだ。そう思うとやはり申し訳ない気分になってくる。

樹生がエドワードの傍まで行って、座卓にお茶と茶菓子の盆を置いてぽつぽつとそう伝えると、エドワードは笑みを見せて言葉を返してきた。

「そんなふうに思わないでくれ、樹生。私はとても満足しているのだから」

「満足、ですか？」

「こうした仕事をさせてもらえるのは、ある意味金では買えない貴重な経験だ。とても新鮮で楽しいからな」

エドワードが言って、お茶をひと口飲んで続ける。

「ハッサンやアンドレアも、同じように思っているよ。三人とも、きみにはとても感謝しているはずだ」

「感謝だなんて、そんな……」

そこまで言われるとかえってこちらが恐縮してしまう。エドワードがさらに言う。

「もちろん、きみに認められたいというのも大きなモチベーションではあるが。ハッサンにもアンドレアにも、私は負けるつもりはない」

「エドワード……」

結局はそこに帰ってくる。樹生はやや困惑しながら言った。

「実際それが、僕にはとても不思議です。皆さんにそこまで好きになってもらえる理由が、僕には全然分からなくて」

「きみの魅力については、きちんと話したと思うのだが。樹生は、私たちに好意を寄せられるのが嫌なのか？」

「嫌だなんて、そんなことは。皆さん凄く素敵な方たちだと思いますし、尊敬もしています。でもその、何で僕なんかに、ってどうしても思えてしまうんですよ」

「きみが嫌でないのなら、我々の気持ちを素直に受け止めてくれていいのだぞ？」

「けど……、僕は皆さんのこと、正直に言うとちゃんと分かっているとは言えないと思うんです。好きとか嫌いとか、もっとお互いを理解し合ってから思うことじゃないかって、そんなふうにも思いますし」

　樹生がそう言うと、エドワードは少し考えるような顔をして、それから小さく頷いて言った。

「そういうところが、きみの素晴らしいところだよ」

「え……？」

「私も、ほかの二人も、皆家柄や資産、社会的地位に惹かれて集まってくる人間に幻滅していた。それは本物の恋ではないと、そう思ってきたのだ」

「本物の、恋」

「そうだ。ロマンチストだと笑われるかもしれないが、私たちはそれを探しているうち、きみを見つけた。三人ともきみに等身大の恋をしたのだ。ただ一人の男としてな」

　エドワードが言って、照れたような顔をする。

「本当のことを言えば、皆恋愛など慣れていると思っていた。だがそんなことはなかった。おそらく、だからこそこんなにも必死なのだよ。きみに愛されたいからな」

「エドワード」

「ただきみに、愛されたい。皆そう思っている。信じてもらえないかもしれないが、こんな焦がれるような気持ちになったのは、初めてだよ」

甘い声音でそう告げるエドワードが、とてもうっとりとした目をしているので、何だかこちらまでドキドキしてくる。そんなにも想ってくれているのだと思うと、さすがに心動かされるものを感じる。

高峰に迫られていたときは、あんなにも気分が悪かったのに。

（もしかして、あれは彼にとっても「本物の恋」じゃなかったから……？）

金で思い通りになれと、高峰はそう言って樹生に言い寄ってきた。あからさまで邪な欲望をぶつけられることが、樹生にはたまらなく嫌だった。

でもエドワードたちは違う。樹生を恋しく想っているからこそ身も心も欲しいと、そう感じているのが伝わってくる。心から樹生を想い、愛しいと思ってくれているのが。

（……本物、なんだ。三人の気持ちは）

だとしたら、その気持ちを受け止めることにさほど抵抗を感じない。むしろその真摯な想いを心から受け止め、応えたいという気持ちすら芽生えてきそうで――。

「樹生？」

黙ってしまった樹生に、エドワードが気遣うような視線をよこす。胸の高鳴りを感じながら、樹生はエドワードを見つめ返して言った。

「僕、誰かにそんなふうに言われたの、初めてなんです。決して嫌な気持ちじゃありませんけど、こういう感じは初めてで、どうしたらいいのか分からなくて」

樹生は言いよどみ、おずおずと続けた。

「皆さんの気持ちが本物だって、僕はもうちゃんと分かってるんです。だけどそれを受け止めたら、もしかしたら僕も皆さんに、同じ想いを抱くのかなって……、そう思うと、何だか踏み出してしまうのが怖い気がしているんです」

戸惑う胸の内を素直に言葉にして告げると、エドワードが微かに目元を緩めた。それから何やら探るような目をして訊いてくる。

「……樹生。もしかしてきみは、今まで恋愛をしたことがないのかな？」

ほんの少しからかうような口調に、顔が熱くなる。二十歳も過ぎて恋愛一つしたことがないなんて、子供っぽいと思われただろうか。

「きみは本当に可愛いな。だからきみは、ずっと困惑していたのか？　恋愛をするのが、初めてだったから……？」

「……そうなのかも、しれません」

男同士なのに、ということももちろんあったとは思う。高峰にいびつな欲望をぶつけられていたせいもあるだろうが、本当のところそうなのだろう。誰かに本気の愛情を注がれたのが初めてだから、自分に価値があるのかどうか疑ったりしてしまったのだ。

けれど、もうそんなふうに思う必要などないのではないか。三人の確かな愛情を受け止め、自分の感情に素直になれば、おのずとその先も見えてくるのでは――？

半信半疑ながらもそう思うと、高鳴った胸がさらに熱くなってきた。そんな樹生に、エドワードが何やら秘密めかした声で言う。

「……恥ずかしがることはないぞ、樹生。実を言うと私も今、初めての感情に戸惑っているんだ」

「？　あなたも、ですか？」

「ああ。どんな感情にだと思う？」

エドワードが訊ねてくるが、樹生には見当もつかない。小首を傾げて問い返すように見つめると、エドワードが口の端に笑みを見せて、潜めた声で言った。

「答えは嫉妬だ。きみと二人きりで甘い時間を過ごした、ハッサンとアンドレアへのな。ほんのいっときでもきみを独り占めしたあの二人に、私は激しく嫉妬しているのだよ」

「エド、ワード……、ぁっ……」

エドワードがこちらを見つめたまま、すっと手を伸ばしてきたと思ったら、頭の後ろに手を添えられて彼のほうに引き寄せられた。

いきなりエドワードの端整な顔を目の前に見ることになり、心臓が止まるほどドキリとしてしまう。青い瞳に樹生の顔だけを映して、エドワードが告げてくる。

「本当は私だって、きみを独占したいんだ。その心も、体も」

「エ、ド……、んん、ぁんっ……」

熱い口唇で口づけられ、逃れる暇もなく舌を割り入れられて、たまらず喘いだ。

そのまま口腔をまさぐるようにぬるりと舐められて、それだけで眩暈を覚える。

抗おうと胸に手を当てて距離を作ろうとしたが、腰を抱き寄せられてがっちりとホールドされ、身動きも取れなくなった。

後頭部に添えた手で樹生の頭の角度を固定して、エドワードがさらにキスを深めてくる。

「は、ン、ん、ふっ」

舌を絡められ、ちゅくちゅくと吸い上げられて、甘く息が乱れる。

まるで口唇で樹生を支配しようとでもしているような、エドワードの熱烈なキス。

その舌は熱く肉厚で、樹生の口腔の中の感じる場所を余さず暴き立ててくる。

キスされているだけなのに、徐々に体の芯が溶けたみたいになって知らず腰が抜けてしまい、上体がグラリと揺れると、エドワードが身を寄せて樹生の体を畳の上に横たえた。

体を密着させるように身を重ねられて、その体温にハッとする。

（エドワードの体、熱い……、凄く、熱い……！）

全身から伝わってくる、樹生への慕情。着物と作務衣とで隔てられていても、その熱は誤魔化せない。想いの激しさに、こちらの体まで昂ぶらされる。

知らず身を震わせ始めた樹生の口唇から、エドワードがすっと口唇を離す。

「きみは凄く感じやすいのだな。キスだけで、トロトロになってしまったのか？」

「うぅ、ふ……」

何か言いたかったが、一瞬言葉が出なかった。エドワードが目を細めて、やや咎めるような口調で訊いてくる。

「私の腹に触れているのは、きみの昂ぶりだな？　ハッサンやアンドレアに口づけられても、きみはここをこんなふうにしてしまっていたのか？」

樹生の着物の前がはしたなく盛り上がり、エドワードに当たっていることを言葉で告げられ、かあっと頭が熱くなる。三人の誰に触れられても、樹生のそこはそうなってしまう。淫らな自分に泣きたくなるが、こうなっては否定することもできない。

樹生は震える声で言った。

「……お二人のときも、そうでした。薬とか使わなくても、僕はこうなっちゃうみたいです……」

「そうなのか？　二人に触れられても、きみはここを硬くしてしまったと？」

「は、い……」

明け透けな言葉で訊ねられ、消え入りそうな声で答える。

気持ちを受け入れもしないのに、まるで触れてほしいと煽るようにそこが形を変えるなんて、自分は本当に淫乱なんじゃないかと思えてくる。

言い訳もできぬまま打ち震えていると、エドワードが艶っぽい目をして言った。

「なるほど、そうか。それなら、ある意味安心してもいいということだな」

「安、心？」

「少なくとも、きみは男を拒絶してはいないということだ。そうだろう？」

エドワードが言って、樹生の背中に手を回す。

「私はもっと何通りものキスの仕方で、きみを愛することができる。どうか試させてくれないか」

「エ、ドっ、あっ、ちょ、待っ……！」

エドワードに帯を解かれて着物を緩められ、襦袢の前を解いて胸や腹を露わにされて、慌ててしまう。このまま抱かれるなんていけない。その気はないと告げ、やめてくれと言わなければと、そう思ったのだけれど――。

「……あっ……！」

高峰に強制されなくなって、樹生はまた下着を身につけるようになったが、その中心が恥ずかしく盛り上がり、欲望の形があからさまに見て取れたから、小さく叫んだ。エドワードが下着の上からそこに口づけ、ふっと息を洩らして笑う。

「本当にエロティックなことになっているな、樹生のここは。和装のきみはとても慎ましやかに見える分、こうなってみるとより淫らさが増すようで、ぐっとそそられるよ」

「い、言わないで……」

「どうして。きみはとても美しく魅力的だ。ここをこんなにしている姿も」

「あ、あっ」

布の上から樹生自身を形通りに指で撫でられ、腰がビクンと跳ねる。

触れられることにすっかり慣れてしまっている樹生の体は、それだけで欲情するようだ。直接撫でられてもいないのに、切っ先には温かい雫が上がってきて、下着がじんわり濡れたのが分かった。何て破廉恥な体だろうと、恥ずかしくて泣きそうになっていると、エドワードが確かめるようにそこに指で触れて、優しく告げてきた。

「そんな顔をすることはないぞ、樹生。人は感情の生き物だ。私にだろうと、あるいはハッサンやアンドレアにだろうと、特別な気持ちもないのにこんなふうにはならないものだろう？」

「エド、ワード？」

「もう抗うのはやめて、自分に素直になるんだ。欲望に身を委ねて、心行くまで感じてごらん」

(自分に、素直にって……？)

エドワードの言葉の真意がよく分からない。それではまるで、樹生が自らこうしたいと求めているかのようだ。

戸惑っていると、エドワードが樹生の体から剥ぎ取るように下着を脱がせ、肢から引き抜いた。樹生自身はもうすっかり育って、自らこぼした透明液で濡れている。

「や、こんなのっ……」

両手で下腹部を隠そうとしたが、エドワードはやんわりとその手を剥がし、樹生の局部を露わにしてくる。そしてうっとりとした声で言う。

「恥ずかしがることなどない。何故ならここがこうなっているのは、きみの心がそれを求めているからだ。きみは本心では、こうしたいと望んでいるのではないのか？」

「僕が、望んでっ……？」

思わぬことを言われ、瞠目してエドワードを見つめる。

そこに触れられれば確かに感じ、切っ先からは透明液がこぼれるが、自分がそれを望んでいるからかもしれないなどとは考えてもみなかった。

三人が手管に長け、樹生を上手にリードしているから反応しているだけだと、それくらいに思っていたのだが――。

「はぁっ、あっ、あんっ」

昂ぶった樹生自身にエドワードがチュッと口づけ、裏のひと筋を付け根のほうからつうっと舌で舐め上げたので、ビクビクと腰が揺れた。続いて先端部分を口に含まれ、舌で舐め回されて、濡れた嬌声が止まらない。

　足袋を履いたままの樹生の両肢を大きく開かせ、狭間に視線を落として、エドワードが告げてくる。

「そ、なっ」

「蕾も微かに綻んでいる。きみのここも、悦びを欲しがっているようだな」

「否定することはない。触れただけで、ほら、ここが開いていくぞ？」

「ああっ、ぁんっ、ゃ、あ」

　後ろに指を這わされ、外襞をくるりとなぞられて、窄まりがひとりでにヒクヒクと震える。

　物欲しそうな動きに頭が熱くなるが、エドワードが指の腹を押しつけると、そこは解けるように開いて指をのみ込み、付け根までするすると咥え込んだ。ゆっくりと指を出し入れしながら、エドワードが言う。

「柔らかいな、きみの中は。甘く潤んで私に吸いついてくる。感じる場所は、この辺りか？」

「……ひぅんっ！　ぁあ、そ、こっ、駄目ぇ！」

　弱い部分をくにゅくにゅと弄られ、上体が跳ねるほど感じさせられる。

　皆に触れられてきたそこは、かすめただけで悲鳴を上げそうなくらい敏感になっているようだ。後ろに入れる指をもう一本増やされ、二本の指でコロコロと転がされたら、下腹部がキュウキュウと収縮して、樹生自身の先端から微かに濁った透明液がトロトロと湧き出してきた。

絶頂の兆しに背筋が震えてくる。

「あ、あっ、来、るっ、そ、こっ」

「ここ、か？」

「ああっ、い、ぃ、そこ、気持ち、よくなっちゃっ……！」

指をグリグリと擦りつけられ、知らず腰を揺すって悦びを得ようとしてしまう。

だが達しそうになるたびエドワードが指の動きを止め、そこから指先を離すので、樹生ははじける寸前で引き戻されて身悶えるばかりだ。

思わず顔を仰ぎ見ると、エドワードは楽しげな目をしてこちらを見返し、口の端に笑みを浮かべた。焦らされているのだと気づいて、泣きそうになる。

「エ、ドっ、ゃあんっ、そ、なっ、ゃあっ」

「どうした。達きたいのか？」

「っ、きたい、達きたい、ですっ」

「とても素直で可愛いよ、樹生。だが、指などでいいのか？」

「ぇっ」

「私ならもっと奥まで満たしてやれる。きみの最奥まで、私に触れてほしくはないか？」

「っ……」

甘い誘惑に体の芯がジンと疼く。

たぶん、すべてエドワードの言う通りだ。樹生が今本当に欲しいのはそれなのだ。硬く大きなそれで中を擦られ、奥の奥まで押し開かれて達き果てたい。心の底ではそう思っているから、こんなにも体が解けているのだ。

（ほしい……、繋がって、ほしい……！）

それが三人に特別な気持ちを抱いているせいなのかは、分からない。

だがハッサンに抱かれたときにも、アンドレアに抱かれたときにも、自分は密かにそんな願望を抱いていたように思う。樹生は彼らに体でも愛されることを望んでいるのだろうか。

だとしたら、ずっと彼らへの尊敬の念だと思っていた感情は、もしや――――？

「……っ、ぁあ、欲しい、です、エドワードがっ」

ぼんやりとした思考が、募る劣情で飛散してしまったから、揺れる声で望みを言葉にした。それだけでまた切っ先から愛液がこぼれ、内奥がヒクヒクと蠢動する。

樹生はすがるようにエドワードに手を伸ばし、哀願の言葉を告げた。

「あなたを、くださいっ、僕の中に、来て……！」

「……ああ、樹生。私をきみにあげよう」

エドワードがどこか濡れた声で言って、樹生の後ろから指を引き抜く。

手早く作務衣を緩めると、彼自身はもう雄々しく勃ち上がっていた。そのボリュームに微かなおののきを感じながらも、樹生が自ら肢を開くと、エドワードが膝裏に手を添えてぐっと押し上げてくる。

熱い先端部を樹生の解けた窄まりに押し当てて、エドワードが囁く。

「きみと繋がるよ、樹生。体の力を抜いて」

「エ、ドっ……、はぁ、ああ、あああっ――」

メリメリと肉の襞を押し開くようにして、エドワードが体に侵入してきた途端。

樹生の視界が真っ白になって、上体がガクガクと震えた。

一瞬何が起こったのか分からなかったが、生ぬるい白蜜がぱらぱらと腹にはね落ちる感触に、図らずも絶頂を極めたのだと気づく。

まさか挿入されただけで、達してしまうなんて。

「くっ、凄いな……」

キュウキュウと収縮する内腔に締めつけられたのか、エドワードが喘ぐように言う。

「きみが私に絡みついてくる……。より奥へと引き込まれていくようだ。きみが全身で悦びを感じているのが、私にも伝わってくるよ」

「エド、ワ、ドッ」

「きみのここもすっかり硬くなっている。こうすると、さらに感じるか？」

「あっ、はぁ、あん、んっ」

いつの間にかツンと勃ち上がってしまっている樹生の乳首に、エドワードがチュッとキスを落とし、口唇で食むようにちゅくちゅくと吸い上げてくる。

そこで感じるのはまるで女の子のようで恥ずかしいが、一度達した体はどこもかしこも敏感になっていて、突起を舐られると背筋をビンビンと快感が走る。もう片方の乳首を指でつままれ、指の腹で転がすようにまさぐられると、果てたばかりの樹生自身がまた頭をもたげ、鈴口からは名残の白蜜を押し出しながらまた透明液が流れ出てきた。

「あ、あ、駄、目っ、ヘンに、なっちゃうっ」

放埓の余韻が残るうちにまた昂ぶらされて、声が上ずる。このまま動かれたら、どれほど乱されてしまうか分からない。

だが心のどこかでそれを望んでいる自分もいて、気持ちが混乱する。

どこまでも愛されて、訳が分からなくなるほど感じ尽くしてみたいと、そんなふうにすら思って――――。

「……あーあ、やっぱりか。こんなことだろうと思ったぜ～」

「また抜け駆けをしていたのですね、エド？」

突然届いた声に、驚いて襖のほうに顔を向けると、そこにはアンドレアとハッサンがいて、呆れ顔でこちらを見ていた。

情交に乱れる姿を見られ、全身の肌が紅潮してしまうが、エドワードは悪びれもせず彼らに視線を送り、挑発するような口調で言った。

「いつも一生懸命で、身を粉にして働いている樹生を、体で慰撫しているだけだ。伴侶となったらそれも花婿の仕事になるだろう？」

「……っ？」

エドワードのとんでもない言葉に目が点になったが、二人は特に言い返しもしてこない。それどころか顔を見合わせて意味ありげに頷き合う。

「……おお、それは素晴らしい。ぜひ私にもさせてください、エド」

「俺も参加するぜ。マッサージは得意なんだ」

「……！　あ、あのっ……？」

ハッサンとアンドレアがこちらへやってきて、樹生の左右に寄り添って半裸の上半身を撫で始めたので、あわあわしてしまう。エドワードが樹生の肢を抱え直して艶麗な声で告げてくる。

「感じるままに啼いてごらん、樹生。何もかも忘れて、悦びに身を委ねるんだ」

「エ、ドっ、ああっ、あああっ！」

エドワードが腰を使って樹生の中を行き来し始めると、凄絶な喜悦に嬌声が洩れた。

我を忘れそうなほどに感じて、知らず上体を仰け反らせて喘いでいると、アンドレアが乳首に吸いつき、舌で転がしてきた。ハッサンも樹生自身に指を絡め、残滓を絞り出すように優しく扱き上げてくる。

後ろを雄で突き上げられながら、感じやすい二か所を同時に攻められて、かろうじて繋がっていた理性の糸が擦り切れる。

「ぁあっ、ぃ、いっ、きも、ちぃいっ！　はあっ、ああ——！」

エドワードだけでなく、ハッサンとアンドレアに触れられても、樹生はやはり感じまくってしまう。体中が悦びで満たされて、心までも解放されていくようだ。

「可愛いですよ、樹生。もっと気持ちよくさせてあげますからね」

「俺たちが順に愛してやる。とことんまでな」

甘い言葉に脳髄まで痺れ上がる。三人の愛撫に、樹生はときを忘れてのめり込んでいった。

「……？」

すっかり夕闇に包まれた離れの和室。

ふと気づくと、樹生は襦袢だけをまとった姿で布団の上で横になっていた。一瞬、何がどうなっているのか分からなかったが――――。

「う、そ、仕事が……！」

この部屋で三人と淫蕩の限りを尽くして、最後には気を失ってしまったのを思い出して青くなる。仕事を放り出して寝ていたなんて、自分が信じられない。

というか、三人はどこへ行ったのだろう。

「とにかく、本館に戻らなきゃ！」

部屋を見回すと、きちんと畳まれた着物と帯が床の間の傍に置いてあった。

急いで着物を身につけ、離れを出て本館のほうへ走っていくと。

「ああ、樹生さん。もう大丈夫なんですか？」

「え……」

本館へと続く中庭の通路を通りかかると、本館一階の庭に面した濡れ縁から、膳を持った古参の仲居に声をかけられた。「大丈夫」というのは、一体何のことだろう。

答えに窮して小首を傾げると、仲居が心配そうに言った。

「ひどい頭痛で休んでらっしゃると、エドワードさんが。もう治まったんですか？」

行為の途中で気を失った樹生を気遣って、エドワードがそういうことにしておいてくれたのだろう。樹生は話を合わせて言った。

「……ええ、と、はい。大丈夫、です。それであの、三人はどこに……？」

「休憩所でひと息ついてらっしゃいますよ。いろいろと手伝ってくださって、本当に助かりました。おかげでお客様のお迎えと夕食の準備は、もうすべて整っていますよ」

仲居の表情はとても明るい。恐らく三人は、本当によく働いてくれたのだろう。これは礼を言わなければ。

樹生はそう思い、仲居と別れて本館の裏口へ行き、一階の奥にある休憩所へと歩いていった。

すると――――。

『ええ、私の決意は国王陛下にお伝えした通りです。翻意する気はありません』

作務衣姿のままのハッサンが携帯電話でアラビア語をまくし立てていたので、樹生は休憩所の入り口で立ち止まった。

詳しい内容は聞き取れないが、あまり友好的な雰囲気ではない。もしや国を出てきた件で誰かと言い合いにでもなっているのだろうか。

ためらいながらも休憩所を覗いてみると、三人がテーブルに向き合って座り、お茶を飲んでいるのが見えた。

『そんな脅しには屈しませんよ。今更兄上の命令になど従うつもりはありませんから。もう二度と連絡をよこさないでください』

ハッサンがきつい口調で言って、携帯電話を切る。

頭痛を抑えるような仕草で額に手を当てたハッサンに、エドワードが呆れたように言う。

「まったくしつこい男だな、おまえの兄は。何を言っても通じないようだ」

「ホントになぁ。弟がどれだけの決意をして国を出たのか、ほんの少しも思い当たらないのかねえ？」

信じられないと言った顔つきでアンドレアも言うと、ハッサンが苦笑した。

「仕方がありませんよ。王宮の生活しか知らない兄ですからね。脅されたりすかされたり面倒ですが、時間をかけて理解させるしかありません」

ため息交じりにハッサンが言って、逆にアンドレアに訊ねる。

「そう言うあなたは大丈夫なのですか、アンドレア？　また暗殺者に狙われたのでしょう？」

「まあな。怪我もなくすんでラッキーだったぜ」

アンドレアが答えて、肩をすくめる。

「お互い、頭が古い連中には本当に苦しめられるよな。まあ日本にいればさすがに安全だが。愛しいミキの傍にいられるしな」

「そうですね。ミキの存在は何よりの慰めです。こうして心穏やかな日々を送ることができる幸せは、何ものにも代えられません」

「……そうだな。それには私も同意する。こんなにも平穏な気持ちで暮らせるなどとは、思いもしなかった」

（……皆さん……、そんなふうに思って……？）

それぞれに貫きたい信念や背負うものがある三人は、普段は決してそんなふうには見えなくても、悩みや憂いごとを抱えているのだろう。

そんな彼らの心を、自分がどういうわけか慰めている。身も心も欲しいと抑えられぬ気持ちをぶつけられ、思いのたけを体で示されて、とことんまで愛を告げられる。

それは樹生にはとても理解しがたく、不可思議なことだったけれど――。

（僕はもう、それを受け止めてもいいと、思ってる）

自分のような人間でも、彼らを癒し、慰めになることができるなら、素直に嬉しいことだ。彼らの真っ直ぐな気持ちを受け入れて、支えになってあげたい。三人にとって心落ち着く存在でありたい。

三人に甘く抱かれ、深い悦びを味わってしまった今、樹生は何だかそんな気持ちになっている。まだはっきりとは分からないが、もしかしたらこれも恋と呼べるものなのだろうか。

休憩所の三人を覗き見ながら、樹生がそんなことを考えていると。

「……だが本当に、これでいいのだろうか」

不意にエドワードが、眉根を寄せながら思案げに呟いた。ハッサンが訝しげに視線を向け、エドワードに訊ねる。

「何がです？」

「すべてがだ。私は時折自分に問いかけることがある。私のこの想いは、本当に偽りのないものなのだろうかと」

エドワードが答え、ハッサンとアンドレアの顔を順に見つめる。

「今の生活はとても幸福感に満ちている。だが私は心の底で恐れている。もしかしたら私たちは、ただマキの幻影を追っているだけなのではないか、とな」

「……な、エドっ！　おまえ何てことを言ってっ！」

エドワードの言葉に、アンドレアとハッサンが驚いた顔をする。

「そんなわけがないだろうっ？　どうかしてるぜ！」

「そうですよ！　今更何を言うのです！」

「おまえたちは偽りなくそう言えるのか？　確かに愛しているのは、ミキだと？」

「当たり前だっ！　おまえだってだからこそ、ここにこうしているんだろうがっ」

「しかし――――」

(な、何？　何でいきなり、喧嘩になって……？)

エドワードが「マキ」と言ったのは、いつものごとくただ言い間違えただけだろうと思うのだが、その言葉の真意はよく分からない。

　アンドレアとハッサンがいきなり声を荒らげ、エドワードに反論しだしたところを見ると、何か三人にとって共通の認識がある話なのだろうが、「幻影を追っている」というのは、一体何を指すのだろう。彼らは樹生の家の事情も何もかも知っている上、体まで繋いでいる。樹生について何らかの虚像やまぼろしを見るような余地など、どこにもありはしないはずではないか。

「いい加減にしろ！　おまえはマキに囚われすぎだ！」

「私もそう思います。あなたがそんなふうに思い煩うことを、きっとマキも望んではいないでしょう」

（……え……、二人も、「マキ」って言った……？）

　エドワードだけでなく二人まで「マキ」と言い間違えたので、軽い驚きを覚える。

　出会ったころは、ハッサンやアンドレアもたまに「マキ」と言い間違えていたが、最近はそうでもなかった。いきなりどうしたのだろう。

「……すみませーん、明日のご予約のお客様のことで、ちょっといいですか？」

　廊下の向こうのほうから仲居に呼びかけられて、ハッとする。

　慌てて休憩所の中の三人を見たが、仲居の声は聞こえていなかったようで、まだ何事か言い合っている。

立ち聞きしていたことに気づかれる前に、ここを去ろう。樹生はそう思い、足音を立てぬよう気をつけながら廊下を駆けて仲居のほうへ行った。


(何だかちょっと、気になるな)

仲居との話が終わり、通りかかった表玄関で宿泊客用の下駄を並べ直しながら、樹生は三人の言葉を思い返していた。

　樹生のことを「マキ」と言い間違えながら三人が話していたことは、あまりピンとこない内容で、意味がよく分からなかった。自分のことで言い争っているのだから、あそこで声をかけてどういうことなのか訊いてみるべきだっただろうか。

(でも、何となくそうできなかった)

　割り込める雰囲気ではなかったというのもあるが、先ほどの三人はいつになく感情的だった。幻影だとか囚われているだとか、深く心にかかわる言葉を使っていたのも気にかかる。

　気安く触れてはいけないことを話していたような、そんな気がして——。

「失礼。こちらは明月館ですか?」

突然深みのある声音の英語で話しかけられ、驚いて顔を上げた。

すると、玄関のたたきに白髪の白人男性が立っているのが目に入った。樹生は落ち着いて英語で答えた。

「はい、そうです。宿泊をご希望ですか？」

今日の予約客は全員到着済みだったが、元々規模を縮小して営業している。飛び込みでも一人くらいは泊められるだろうと思いながら、樹生がそう訊ねると、男性が何故だかこちらをじっと見つめてきた。深い灰色の瞳に穴が開くほど見つめられ、戸惑ってしまう。

「あ、あの……？」

もしや言葉が通じなかったのだろうか。

そう思い、男性を見返すと、年輪の刻まれたその顔に何やら憂いの表情が浮かび、上品な口元からああ、と嘆くようなため息が洩れた。小さく頷いて、男性が言う。

「……なるほど、あなたが樹生様ですね。ジョンの言った通りのお顔立ちだ」

「ジョン……？　あの、あなた様は……？」

「申し遅れました。私はヘンドリーと申します。数年前に引退するまで、三代にわたってランスロット家に執事としてお仕えしておりました。ジョンはエドワード様の下で召使いをしている、私の孫です」

（……ジョンの、おじい様？）

思わぬ人物の来訪。もしやエドワードを訪ねてきたのだろうか。

でも、どうして樹生のことを――――？

「ジョンから、エドワード様がご学友の皆様と共に日本を訪問してから様子がおかしくなったと聞いて、矢も盾もたまらずやってきてしまいました。まさかあなたが、こんなにもマキ様に似ていらっしゃるとは思いもしませんでした」

「つ？」

「エドワード様もご学友の皆様も、皆マキ様に心を囚われて己を見失っていらっしゃるのでしょう。あの方は、もうこの世にはいないというのに」

ヘンドリーと名乗った男性がいきなり「マキ」という名を出したので、思わず息をのんだ。

エドワードたちが「マキ」と言うのを、樹生はずっとただの言い間違いだと思っていた。だがヘンドリーの言い方では、樹生とは別に「マキ」という人物が存在していたかのようではないか。

今まで、そんなことは考えてみもしなかった。樹生は探るように訊ねた。

「……あの、マキさんというのは、どなたなのです……？」

「お三方の、ボーディングスクール時代のご友人です。日本人留学生で、あなたととても雰囲気の似た方でした。ランスロット家のお屋敷で、あなたは彼の写真を見ておいでだ」

（……それってもしかして、サロンにあった学生時代の写真の……？）

そう言えばあのとき、樹生はジョンに写真の少年に似ていると言われた。自分ではそれほど似ているとは思わなかったから気に留めていなかったが、写真の彼が「マキ」だというのなら、エドワードたちも樹生のことをそのように見ている可能性は高いだろう。だから三人は、時折二人を重ねてしまって樹生を「マキ」と呼んでいたのだろうか。

でも――――。

（名前や顔がただ似ているだけで、あんなにも間違えるものかな……？）

『心を囚われて己を見失っている』

ヘンドリーは今、確かにそう言った。それは先ほどアンドレアが言っていたこととも通じるし、エドワードの言葉共々、心理的な葛藤を感じる言い方だ。もしや「マキ」は、彼らにとって特別な人物だったのではないか。

「確かに、お屋敷で写真を拝見した覚えがあります。僕はあまり似ているとは感じなかったのですが……、その人は、エドワードやほかのお二人にとって大事なご友人だったのですか？」

樹生が訊ねると、ヘンドリーは思案げに小首を傾け、それから意を決したように言葉を返してきた。

「『ご友人』というのは、いささか言葉足らずであると思います。エドワード様はもちろん、ハッサン様もアンドレア様も、皆マキ様に、特別な想いを抱いていらっしゃいましたから。単なる友情の範疇を超えた、とても強い想いを」

「……友情を超えた、想い？」

「ええ。ですがマキ様は、若くして命を落としてしまわれた。そしてそのことに、お三方はそれぞれに責任を感じていらっしゃるのです」

　ヘンドリーが目を伏せて言って、それから哀しげな声で続ける。

「その自責の念は、おそらく今でも心に深い影を落としているのでしょう。だからあなたに執着して奪い合い、今は花婿修業などという戯れに興じているのです。失った想いをそんなふうにして埋めようとするのは、何とも哀しいことです」

「戯れって、そんな……！」

　嘆かわしそうな目をしてヘンドリーがそう言ったので、冷や水を浴びせられたような気持ちになる。

　三人がここにいるのは、樹生への愛を示すため。

　樹生の思いつきでそうなったとはいえ、彼らの気持ちを疑ったことはなかったし、懸命に働く姿に誠意を感じ、樹生も彼らの想いに応えたいと、そう思い始めていた。

　でも、すべてヘンドリーの言葉の通りなら、三人が樹生を欲しているのは別の理由からだということになる。そしてそれを示唆する言葉を、樹生はエドワードの口から聞いている。

『もしかしたら私たちは、ただマキの幻影を追っているだけなのではないか』

エドワードは確かにそう言っていた。

かつて想いを寄せていた今は亡き同級生と、彼によく似た樹生とを、エドワードが心の中で同一視しているからこそ、彼はそう言ったのではないか。そしてそれはほかの二人も同じで、だからこそエドワードに図星をつかれて声を荒らげたのでは。

つまり樹生は、最初からずっと「マキ」の身代わりでしかなかった——？

（う、そ……。そんなの、嘘……）

三人三様の愛の言葉や、樹生を心から求める想いに、樹生もほだされかけていたのに、それが偽りだったなんてそんなこと信じたくない。ハッサンが樹生を連れ出し、アンドレアが奪い、エドワードがさらったのが、ただ彼らの想い人に似ているからで、心の隙間を埋めたいがための行動だったなんて、そんなこと——。

「……ヘンドリー？」

茫然としていると、エドワードの声が届いた。

そちらに顔を向けると、廊下に三人が立っていた。エドワードが表玄関のたたきに佇んでいるヘンドリーを見て、驚いて訊ねる。

「どうして、ここに」

「お父上亡きあともお屋敷に仕える者たちから、エドワード様の今のご様子を聞きおよび、お屋敷にお戻りいただくよう説得しに参ったのです」

「……何？」

「引退した身ではありますが、ランスロット家の将来を憂う気持ちは誰にも負けません。エドワード様、そしてご学友の皆様も、どうか正気に返ってくださいませ！」

ヘンドリーの言葉に、エドワードが眉根を寄せる。ハッサンがアンドレアと顔を見合わせて言う。

「正気に返れとは、またずいぶんとひどい言いようですね」

「俺たちは正気だぜ？　愛するものの心を得るためにここにいるんだからな」

「本当にそうでしょうか？　あなた方がここにいるのは、マキ様へのこだわりのためでは？」

「なっ？」

「ここへ来て樹生様のお顔を拝見して、私はそう確信しました。お二人はまるで兄弟のようによく似ていらっしゃる。それは誰にも否定できない事実ではないでしょうか」

ヘンドリーの言葉に、三人の表情が曇る。

即座に否定してくれると思ったのに、まさかそんな顔をするとは思わなかった。ヘンドリーが話したことは、すべて本当のことなのだろうか。三人はかつての想い人の代わりに、樹生に言い寄っていただけなのか――――？

「……ヘンドリー。まさか樹生に何か話したのか？」

「僭越《せんえつ》ながら、昔話を少し。それが樹生様のためにもなると思いましたので」

エドワードの質問に答えるヘンドリーは、どこか冷ややかな表情だ。樹生はたまらず三人に訊ねた。

「皆さんが僕のことを呼び間違えていたのは、だからだったんですか？　マキさんという方が、僕に似ていたから……？」

「樹生……」

「皆さんは、亡くなったその人のことが、好きだったんですか？　ただの学校のお友達というだけでない、もっと強い気持ちを抱いていたのですか……？」

問いかけるが、三人とも言葉を探しているように、黙ってこちらを見つめるばかりだ。

その様子に、樹生は何故だか胸が痛くなるのを感じた。

（ここに、いたくない……、こんな顔をした三人を、見ていたくない……！）

今、切実に独りになりたい。

樹生は身をひるがえして旅館の廊下を駆けていった。名を呼ぶ三人の声だけが、樹生の背中を追いかけてきた。

「……何だか僕、バカみたいだ……」

樹生は枯葉の上に独りしゃがみ込んで、ため息をついた。

明月館の裏手にある山の中の、樹木がほんの少し開けて見晴らしがよくなっている場所。宿泊客はもちろん、旅館の従業員も知らない樹生の秘密の場所だ。旅館の中に寝泊まりする部屋がある生活で、仕事から完全には離れることはできないが、それでもどうしても独りになりたいとき、樹生は時折ここへ来る。ここからは本館も離れも、明月館のすべてを見下ろすことができるのだ。

知らず滲んだ涙のせいでぼんやりとだったが。

（身代わりにされてたのかな、僕は……）

「マキ」と「ミキ」。

事情が分かってみれば、一体何をのぼせ上がっていたのだろうと惨めな気分になる。

そもそも、人一人くらいどうとでもできるような立場にある彼らに、自分などが訳もなく好かれるはずがなかったのだ。

なのに甘く愛を告げられ、手慣れた愛撫で身を蕩かされて、いつの間にかすっかりほだされてしまっていた。流されるままに翻弄され、舞い上がってしまったなんて、まるで初《う》心《ぶ》な小娘かなにかみたいだ。

（僕はいつの間にか、あの人たちのことを好きになっちゃってたんだ。こんなにも哀しくなるくらいに……）

自分は彼らのことが、好きなのだ。

自らそう認めたら、目の端からポロリと涙がこぼれた。

三人とそれぞれに接して、華やかさばかりが見えていた彼らにも、心煩わされるような事情や懊悩があるのだと知った。そんな彼らに求められ、傍にいてほしいと言われて、戸惑いながらも受け入れたいと思った。

だからこんなにもつらい。誰かの代わりでなく自分自身を求めてほしかったと、そう思えて哀しいのだ。

だけど――――。

（僕は僕の気持ちを、一度もあの人たちに伝えていない）

彼らと「マキ」との間に、どのような過去があったのかは知らない。

でもそれがどうであれ、彼らが樹生に見せた悩める姿は偽りのないもので、樹生がそんな彼らを支えてあげたいと思ったのも、間違いのない事実だ。

だったらせめて、その気持ちを伝えたい。たとえ身代わりだったとしても、自分の気持ちだけは本物なのだから。

樹生はそう思い、涙を拭いて立ち上がった。

「そろそろ、仕事に戻らなきゃ」

いつまでも仕事を放り出しているわけにはいかないし、皆が心配しているかもしれない。仕事が終わったら、三人と改めて話をしよう。

そう決めて、自然にできた細い山道を下る。明月館の中庭の奥に続く道を歩いて敷地の中に入り、そのまま本館に戻ろうとしたのだが。

「……？」

離れのほうからガシャンと何かが割れるような音がしたので、樹生は立ち止まった。そちらに視線を向けると、灯篭風の照明が並ぶ離れの裏手に大きな人の影がゆらゆらと揺れているのが見えた。

こんな時間に、一体誰が何をしているのだろう。気になって、樹生がそちらに足を向けたそのとき。

（えっ？）

離れの裏手から一人の男が現れ、注意深く辺りを見回しながらこちらのほうへ歩いてくるのが見えたので、樹生はビクリとした。

照明に照らし出されたその顔は、見間違えようもない。樹生は恐る恐るその名を口にした。

「た、高峰、さん？」

「……っ！」

そこに樹生がいるとは思いもしなかったのだろう。高峰がギョッとしたような顔をする。

こちらも声をかけたもののそれ以上どうしていいか分からず、一瞬言葉もなく見つめ合ってしまったが、やがて高峰がハッと我に返ったように顔を背け、慌てて露天風呂の向こうにある渓流のほうへと駆け出していった。

おそらく、川沿いに下って逃げようとしているのだろう。何をしていたのかは気になるが、気味が悪いし追いかけたくはない。本館に戻って警察を呼ぶか、それとも。

「……ん？　何だかちょっと、焦げ臭い……？」

立ち尽くして考えていた樹生の鼻腔に漂ってきたのは、たき火をしているような臭いだ。

胸騒ぎを覚え、離れの裏手に回ってみて、樹生は仰天した。

「ちょっ、何で、燃えてっ……？」

離れの北側の壁に沿って積み上げられていた薪が、何故だかブスブスと煙を上げて燃えている。

だが、こんなところに火の気などあるわけがない。まさか高峰が火を放ったのだろうか。

「け、消さなきゃ、消火器は……！」

急いで離れの表に回り、玄関から中へと駆け込む。

柱に設えた非常スイッチを押してから、下駄箱の脇にある消火器をつかんで外に出ようとしたところで、廊下の奥の和室のほうからも煙が出ているのに気づいた。

まさかと思いながらも消火器を持って部屋まで行くと、和室の畳がメラメラと燃えていた。

「う、嘘っ、何で部屋の中までっ？」

よく見ると、庭に面した掃き出し窓が割られている。

どうやらそこから火のついた薪を投げ込まれたようだ。先ほどの音はこれだったのだろう。とっさに消火器の栓を抜き、畳に向けて噴射したが――――。

「えっ、そんなっ……！」

一瞬消し止めたと思ったが、畳の上を伝い広がった火が窓辺のカーテンに燃え移って一気に燃え広がり、天井まで火柱が上がる。

焦って消火器を向け、消そうとしてみたが、火の勢いが強くてまったく効かない。そうこうしているうち、部屋の北側の壁から白い煙が上がり始めた。薪から外壁に火が燃え移ってしまったのだろうか。

――もう自分の手には負えない。

ようやくそう気づき、空の消火器を捨てて後ずさる。

だが逃げようとした次の瞬間、部屋の壁がどっと音を立てて崩落した。

「ひっ！　……ほっ、ごほっ、ごほっ」

部屋の空気が急によどみ、呼吸が苦しくなる。このままここにいたら危ない。早く逃げなければと、慌てて着物の袖で口を覆って廊下へと飛び出す。

しかしそこにももう煙が充満していて、玄関までの間も煙っている。こんなにも火の回りが早いなんて思いもしなかった。

（逃げなきゃっ……、でも、どうやってっ？）

パニックに陥りそうになりながら、屈んで必死に逃げる方法を考える。

部屋にはもう戻れないが、廊下は煙だけでまだ火が見えない。玄関まで突っ切れば何とか外に出られるだろうか。

そう思い、必死に駆け出した途端。

廊下にある小さな窓がパンと割れ、そこから熱風と炎がどっと吹き込んできた。

「うわぁっ」

思わずその場に倒れ込むと、壁紙から天井にかけて炎がばあっと広がった。

炎の熱さに体が震える。逃げたいのに体がすくんで動けない。

まさかこんなところで動けなくなるなんて。

「……た、助けて……、誰か、助けっ……」

叫んでみても、その声は煙に吸い込まれる。空気の悪さにクラクラして、気を失ってしまいそうだ。

（どう、しよう、このままじゃ、死んじゃう……）

三人に、気持ちを伝えたい。

そう思ったのに、それができずにここで死ぬなんてあまりにも切ない。せめてもう一度くらい、彼らの顔を見たかったのに――――。

『――――いや、確かに聞こえた！　樹生は絶対にここにいる！』

『待ってくださいエド！　私も行きます！』

『俺も行くぜ！　そら、水をかけるぞ！』

「……、っ？」

三人の声が聞こえた気がして、樹生は薄れかけた意識を引き戻した。するとややあって、煙でかすんだ玄関のほうから人影が近づいてきた。

「樹生！　ここにいるのかっ？　いたら返事をしてくれ！」

「エド、ワード……？」

煙の向こうから現れた、頭から水をかぶって全身びしょ濡れの人物がエドワードだと分かった途端、全身の力が抜けた。エドワードが廊下に倒れている樹生を見つけて声を出す。

「……樹生っ！　二人とも、樹生がいたぞ！」

「樹生……！」

「ミキ！」

ハッサンとアンドレアの声も耳に届いたが、声が出なかった。三人に体を抱え上げられたのを感じながら、樹生は気絶していた。

樹生が助け出されたあと、駆けつけた消防による消火作業が数時間続いたが、結局離れは全焼してしまった。

出火の原因は高峰による放火で、樹生の予想通り、あのまま川を下って逃げようとしていたところを、不審に思った近隣の住民の通報で間もなく逮捕された。

樹生を襲おうとしたあのとき以降、高峰は今までの悪行の数々が明るみに出て、いくつかの取引先から詐欺や横領で訴えられていた。それをエドワードや樹生のせいだと逆恨みしての、衝動的な犯行だったらしい。

幸い本館には放火されず、宿泊客を安全な場所に誘導することもスムーズにできたので、樹生が軽い火傷を負って入院することになったのを除けば負傷者もなく済んだが、もしも本館が標的にされていたら被害は甚大だっただろう。

もっとも、放火事件のせいで旅館は完全休業を余儀なくされ、また先行きは不透明になってしまったのだが。

「……樹生、お邪魔するよ?」

病室の扉が開く音に続き、樹生の耳に聞き慣れた声が届いた。

急いでベッドの上に起き上がると、ベッドを囲むように閉じているカーテンが細く開いて、三人の男たちが姿を現した。

樹生は笑みを見せて言った。

「エドワード……、ハッサン、アンドレアも」

「やっとお見舞いに来られましたよ。ああ、でも明日には退院でしたね？」

「大した火傷でなくてよかったぜ」

火事場から樹生を救出してくれた三人だったが、ニュースになるような事件の現場に、従業員として滞在していたことが知られるのはあまり良くないからと、一度あの場を去って帰国していた。

その間にそれぞれの目下の懸案事項を片づけて戻ってくると言っていたのだが、こんなに早く来てくれるとは思わなかった。

「皆さん、ずいぶん早く戻ってきてくださったんですね？」

「樹生に逢えない時間が長くなるのは耐えられなかったからな。それに、一刻も早くきちんと話をして、きみの誤解を解きたかった」

エドワードが言うと、ハッサンとアンドレアも同意するように頷いた。

樹生も内心それを望んでいたから、そう言ってもらえると嬉しい。樹生は三人の顔を順に見つめて告げた。

「ちゃんと話を聞きもせず立ち去った僕に、そんなふうに言ってくださるのは、とても嬉しいです。どうぞ話してください、『マキ』さんのことを。皆さんが大切に思っていた人のことを」

　そう言うと、エドワードがスーツのポケットから一枚の写真を取り出して、ベッドに近づいてこちらに見せてきた。

　それはエドワードの屋敷のサロンに飾ってあった、学生時代の写真と同じものだった。

「……彼の名は、マキオ・イトウ。私たちがスイスのボーディングスクールの生徒だった頃の友人だ」

　エドワードが言って、写真を指し示す。

「マキは日本からやってきた留学生で、明るく温かい人柄の生徒だった。私たちからだけでなく、皆に好かれていたよ」

（……この人が、マキさん……）

　写真を見つめて、その顔をよく見てみる。

　樹生自身の目から見ると、顔立ちが似ているとか雰囲気が似ているとか、ことさらにそう思うことはないのだが、やや女顔というか、母親の顔が想像できるような柔らかい表情をしているところは、もしかしたら自分に似ているのかもしれないとも思う。

　ハッサンがベッドの端に腰かけるようにしてこちらに身を乗り出し、チラリと写真を覗く。

「その写真は私も持っていますよ。確か最高学年に進級したばかりの頃のものですね。マキは心が真っ直ぐで裏表のない、朗らかな人でした。家や周りの人間関係やしがらみに疲れ、辟易としていた私たちには、彼は何だか眩しいくらいで……。三人とも、すっかり彼に魅了されていましたよ」

やっぱりそうだったのかという思いに、微かに胸がチクリとなる。

でも、三人とも真摯に話をしてくれているのだし、樹生も本当のことが知りたい。写真から目を上げて、樹生は言った。

「そうだったんですね……。じゃあ僕にしたみたいに、皆さんは彼に気持ちを伝えたのでしょうか？」

「いや、誰も告白したりはしなかったぜ。あの気持ちは確かに恋だと、少なくとも俺は感じていたが、俺たちはまだ若かった。それにマキには、学内にステディなガールフレンドがいたしな」

「ガールフレンドが……」

アンドレアの言葉に納得する。

今の時代、男性同士の恋愛は珍しいものでも隠すようなものでもないのだろうが、十代の若者にとって、同性の想い人に異性の恋人がいるのは、ある意味越えられない壁のようなものだろう。

　何といっていいか分からず樹生が黙ってしまうと、エドワードがほろ苦い記憶を思い出したように、切なげな顔をした。

「マキは彼女を愛していた。だから私たちは別のやり方で彼と関わっていこうとして、起業家志望の彼と将来は四人で事業を興そうと、日夜夢を語り合っていた。そうしていれば、少なくとも友人としては、ずっと一緒にいられると考えていたのだ」

　そう言ってエドワードが言葉を切ると、アンドレアが哀しげな目をして話を続けた。

「……けど、マキは死んじまった。ひどい吹雪の夜に独りで寮を抜け出して、街なかで車にはねられたんだ」

「そんな、ことが……？」

「私も知らせを聞いたときには驚きましたよ。あまりにも突然の、呆気ない死に、ただ愕然とするしかありませんでした」

　それは確かにそうだろう。誰だってそんな目に遭うと思って暮らしてはいない。

でも、どうしてそんなことになったのだろう。何となく疑問に思っていると、エドワードがためらいながら切り出した。

「……マキは、本来は寮を抜け出したりするような生徒ではなかった。だがクリスマス間近のある夜、彼は塀を乗り越えて街へ出た。ハッサンやアンドレアは今でも否定するが、それは、私のせいなのだ」

「あなたの……？」

思いがけない言葉に、驚いて訊き返す。何か言いたげなハッサンとアンドレアを制して、エドワードが言葉を続ける。

「マキはあの晩、恋人に結婚を申し込もうと考えていた。今思えば早熟すぎるが、私たちの周りには許嫁のいる生徒が何人かいて、ハッサンもその一人だった。ハッサン自身は承服していなかったが、マキはそれに憧れ、恋人と婚約したいと考えたのだ」

エドワードがそう言って、哀しげに目を伏せる。

「だが私は醜い嫉妬心から、彼を心から祝福することができなかった。だからマキに言ったのだ。恋人に永遠の愛を告げる気なら指輪か、それがないならせめて花束くらいは用意すべきだと。マキはそれに賛同し、夜の街へ花を買いに出て二度と帰らなかった。翌朝それを知った私は、己を呪ったよ」

「そんな……」

痛切な表情に、こちらまでつらくなる。

二人ともただ恋に真っ直ぐだっただけなのに、若い恋心の純粋さがそんな形で悲劇を生むなんて。

「マキのプロポーズの件については、私やアンドレアも相談を受けていましたし、あの夜彼が外へ行こうとしていることに薄々気づいてもいました。エドワード一人のせいではないと、私たちはずっと言い続けてきたのですがね」

ハッサンが言って、小さく首を横に振る。

「私やアンドレアにもマキへの強い気持ちがありましたし、エドワードの哀しみも分かるつもりです。でも、すべてどうしようもなかったことです。ずっと哀しみに沈んでいても彼のためにはならない。せめて彼の遺志を継いでいつか三人で事業を興そうと、私たちは決めたのです」

「……それで、ニューヨークのホテルに？」

「まあな。けど、そうは言ってもお互い自分のことで忙しかったから、なかなか思い通りにはいかないまま何年も経ってしまったが。ここ数年は、定期的に会うのも難しいことが多かったしな」

そう言ってアンドレアが、樹生の顔をじっと見つめてくる。

「ミキと出会ったのは、そんなときだったんだ。ミキの今より少しつたない日本語訛りの英語が、何だかマキを思い出させて懐かしくてな」

「ふふ、そうでしたね。お名前が似ていたこともあって、まるでマキが私たちのところに戻ってきてくれたような気持ちになってしまい、つい面影を重ねて……。私たちがときどきあなたを呼び間違えたのは、そのせいなのです」

「そう、だったんですね……」

アンドレアとハッサンの言葉に、ようやくすべて納得がいった。

マキのショッキングすぎる死のせいで、三人とも思い出を過去のものにしてしまうことができなかったのだろう。エドワードだけが長くその名を呼び続けていたのは、きっと自責の念がことさら強かったからに違いない。

三人はそれほどまでに彼のことを――。

「だが今はもう、樹生は樹生だと思っている。私たちの愛情は、確かなものだ」

「エドワード」

「そうだぜ、ミキ。だからこそ俺たちは明月館で働いていたんだし、あそこで過ごした時間は大切にしたいって、心から思ってるんだ。たとえきみの愛を得られなくてもな」

「人の心を無理やりに曲げることなど、誰にもできませんからね。私たちはもう、それを分かっているのですよ」

「アンドレア……、ハッサン……」

彼らの気持ちを一瞬でも疑った自分が、今はとても恥ずかしい。

――失った想い人の身代わりなどではなく、ただ樹生を愛している。

三人からその想いがひしひしと伝わってきて、心が甘く満たされるようだ。

（僕も、伝えなきゃ。自分の気持ち、ちゃんと……）

マキは死んでしまったが、樹生はあの火事を生き延びて、こうしてここに生きている。そしてこの胸には、三人の想いに応えるだけの感情が溢れているのだ。

樹生は三人の顔を見回して、幸福な気分で想いを口に出した。

「皆さんにそう言っていただけて、僕は凄く嬉しいです。だって僕も、あなたたちに心惹かれているんですから……」

「樹、生……？」

「僕は恋をしてしまったんです、あなたたち三人に。たぶん生まれて初めての、恋です……」

勇気を出してそこまで言ったら、何だか自分で自分の言葉が恥ずかしくなって、頬がかあっと熱くなった。

赤くなった樹生の頬を見て、三人が目を丸くする。エドワードが驚いたような声で訊いてくる。

「……樹生、それは本当か？　きみは本当に、私たちを？」

「は、はい」

赤面しつつも頷くと、アンドレアとハッサンが顔を見合わせた。

「おいおい、夢じゃないだろうなっ？」

「受け止めてくれるのですか、私たちの愛を……？」

こちらを見つめる三人の声には、歓喜の色が見える。喜んでくれるのはとても嬉しいのだが。

「あ、あの、でもっ、誰か一人を選ぶのは、まだ無理です！　というか、もしかしたらずっと無理かもしれません……。それでも、いいんですか？」

いくら樹生の素直な想いだとはいえ、常識的に考えたら、三人とも好きだなんてあり得ない。好いてくれているからといって、恋人を共有するような関係を受け入れてくれるものだろうか。

気になったので確かめると、三人はそれぞれに視線を交わし合った。

それからこちらを見つめて、エドワードが代表して言う。

「それが樹生の気持ちなら、私たちは受け入れる。今日からは、私たち全員が樹生の花婿だ」

「ほ、本当に？」

「ええ。私たちの想いに変わりはありませんからね」

「俺たち全員を愛してくれ、樹生。俺たちも、生涯樹生を愛すると誓うぜ」

「皆さん……」

とんでもない望みでも、この三人が言うとすべて叶いそうな気がする。こちらのほうこそ、夢を見ているみたいだ。

「……嬉しい、です。だったら、僕にも誓わせてください。皆さんを、ずっと同じだけ愛していくって」

そう言うと、三人が笑みを見せた。エドワードが、何故だか不意に日本語で言う。

「きみの言葉を嬉しく思う。では樹生。それをもう一度、今度は日本語で言ってくれないか。きみは私たち全員の愛を、受け止めてくれるのか？」

「え？　と……、は、はい。僕は、皆さんの気持ちを受け止めます。そしてこれからは、皆さんを等しく、永遠に愛していくと誓います」

何だか結婚式の宣誓のようだと思いつつも、しっかりと想いを伝えたくて改まった日本語でそう言うと、エドワードが微笑んで頷いた。

そしてベッドを囲むカーテンに手をかけて、喜びを露わに言う。

「お聞きの通りです、お父上。どうかこれからは、私たちを樹生の花婿として接してください」

「はっ……？　えっ？　ええっ――――！」

エドワードがさっとカーテンを開くと、病室の壁際の長椅子に腰かけている父の姿が見えた。

その顔には、訳の分からない状況にとことん困惑しつつも、あまりに振り切れた現状を面白がってもいるような、何とも言い難い微妙な表情が浮かんでいる。もしやエドワードが日本語でと言ったのは、父に話を聞かせるためだったのだろうか。

「と、父さん、あの、僕っ」

「いや、もう何も言わんでいい。こうなっては、俺としても気持ちよく送り出してやろうとしか思わんからな」

「え……？」

思わぬ言葉に驚いて、父の顔を凝視する。杖をつきながら父が立ち上がり、傍にやってきて樹生を見据える。

「こちらの三人の紳士がウチで研修をしたいと来たとき、海外の何不自由ない金持ちがそんなことを言うなんて、何か理由があるに決まってると俺は思った。だからそれを何もかも隠さず教えるなら、研修を許可してやってもいいと言ったんだ」

父が言って、エドワードにチラリと視線を送る。

「そうしたらこの金髪の紳士が、三人を代表してどんだけ樹生に惚れてるかってことをとうとうと語り始めたんだ。おまえがニューヨークにいた頃に見初めたそうだが、あの頃のおまえは本当に生き生きと楽しそうだった。その姿を傍で見ていたこの人らの愛情はきっと本物だろうと思ったし、それを受け入れるおまえの気持ちも確かなものなんだろうって、そう思ってな」

「父、さん……」

まさか父がそんなふうに言ってくれるとは思わなかった。目を丸くしている樹生に、父がさらに告げる。

「旅館の連中に訊いてみても、働きぶりも悪くないって話だった。おまえがいいって言うなら、俺に反対する理由はないさ」

「父さん、ほ、本当に？　本当にそう思ってくれるの？」

「ああ。だが、こちらさんたちはおまえよりもずっと背負うものが大きいはずだ。社会的な立場だって段違いだろう。それを乗り越えてやっていけるかどうかは、ただただおまえの努力にかかってる。そこはよくよく覚えておかなくちゃならないところだぞ？」

確かにそれはそうだろう。自分には人生経験も社会経験もろくにないし、できることも少ない。憧れと尊敬の念を抱いていた彼らに愛されるに足る自分になるためには、もっと自分を磨き、成長させていく必要がある。

そのために、自分は何をしたらいいのだろう。

「……もう一度海外に行ってこい、樹生」

「えっ？」

「元々それが夢だっただろう？　父さんが倒れたせいで帰ってこなきゃならなくなったが、おまえはもっと勉強したほうがいい。世界で、一流を学んでこい」

「え、で、でも、明月館は……」

「営業を再開するには時間がかかるだろうし、そうなったとしても今のままの形ではないかもしれない。道半ばで帰国させてしまったことにだって、俺は忸怩《じくじ》たる思いでいたんだ。先の見えない状況で、これ以上おまえをここに縛りつけておきたくはない」

「父さん、だけど……！」

　帰国はしたが、正直役に立てなかったという気持ちが強い。一人息子として、体調が十分でない父の傍にいたほうがいいのではないかと、そうも思うのだが。

「樹生、きみが何を思っているのか、私には分かる。お義父上が心配なのだろう？」

　エドワードがそう言って、笑みを見せて頷く。

「安心してくれ。私たちにとって、お義父上はもう家族も同然だ。明月館の今後共々、我々三人がしっかりとサポートしていくと誓うよ」

「エドワード……」

「どうか何も思い煩うことなく、私たちと共に海を渡ってほしい。きみは我々の、大切な花嫁なのだから」

　エドワードの言葉に、心が甘く潤う。

「花嫁」という言葉をそのまま受け止めてしまっていいのかやや悩ましいところではあるが、これからは三人の愛を得て、こちらも彼らを愛して生きていくのだ。その心構えと覚悟を持つにはいいのかもしれない。

樹生は少し考えてから、ベッドの上に正座した。そして三つ指をついて、三人を見回す。

「……僕のような未熟者をもらってくださるなんて、本当に嬉しいです。不束《ふつつか》者ですが、どうかずっとお傍に置いてください。皆さんの、花嫁として」

そう言って頭を下げると、気恥ずかしいながらも少々感極まったのか、目が潤んでしまった。ハッサンが微笑んで言う。

「樹生が私たちを受け入れてくれてよかったです。さっそく渡航の日取りを決めましょうか。……ああ、どうせならもう、これからすぐにでも……」

「まーたおまえはそうやって先走る。いいかハッサン、これからは黙って自家用機で連れ去るようなことは控えろよ？」

「もうそんなことはしませんよ、アンドレア。あなたこそ、物騒な連中を雇うのはやめてくださいね？」

「当然だ。エドも、これからは抜け駆けは禁止だぞ？」

「……分かっている」

「本当ですかねえ？　大体あなたはいつも――」

軽い言い合いを始めた三人に、父がキョトンとした視線を向ける。

父にとって三人は、これからは義理の息子のようになるわけだが、一体どんな「親子」になるのだろうか。

（みんな僕の、大切な人たちだ）

好きな人も大事な人も、皆ここにいる。樹生は幸福な気分で、四人の顔を順に眺めていた。

その夜のこと。

退院が明日と決まっていることと個室の気楽さから、樹生は少しだけ夜更かしをして、いつもの消灯時間よりも遅い十一時前後に就寝した。

しかし寝ついてしばらくして、樹生は微かな物音で目を覚ました。細く目を開けて、薄暗い病室の中を見回すと。

「……っ！」

ニット帽をかぶりマスクをした誰とも知れない黒ずくめの人物が三人、ベッドの傍に立ってひそひそと何か言い合っていたから、思わず叫びそうになった。こんな真夜中に人の病室で一体何をしているのだろう。

「……おや、起こしてしまったみたいですよ？」

「やれやれ、やっぱり慣れないことはするもんじゃないな」

「だがもう引き下がれまい。このまま計画を強行しよう」

「そうですね。まだ夜中ですからこのまま寝ていなさい、樹生。声を出してはいけませんよ？」

「……えっ、ちょっ！　あのっ？」

いきなりアイマスクをつけられ、布団でぐるりと体を包まれてベッドから抱き上げられたので焦った。何事かと訊く間もなく、そのままストレッチャーらしきものに乗せられてどこかへ運ばれていく。

黒ずくめの三人が誰なのかはさすがに分かったが、もしかしてこのパターンは――。

（またどこかに、連れていかれるっ……？）

――目覚めたら、自分はたぶんどこか遠くにいる。

樹生はそんな予感におののきながらも、微かな期待に胸を高鳴らせていた。

■　■　■

不思議な夢を見ている。

樹生は大きな船に乗って、雲の上を飛んでいた。どこまでも続く雲は海のように波打ち、空は澄み渡っている。

やがて雲の果てから太陽が昇り、樹生の上気した顔を照らす。その光に、今まで感じたことのない幸福感を覚えて――――。

「……っ、ん……？」

とても大きくてふかふかとしたベッドの上で、樹生は目覚めた。

見上げた天井は丸く湾曲していて、淡いブルーのライトで照らされている。壁には窓がいくつも並んでいて、すべてシェードが閉められている。

何やら近未来的というか、まるでＳＦ映画のような雰囲気の部屋。昨日は結局移動の途中でまた眠ってしまったので、ここがどこなのかさっぱり分からない。どこかのデザイナーズホテルの一室だろうか。

（……いや、違う……、この音はっ……！）

途切れることなく続くゴー、という音に思い当たるものは、樹生の記憶には一つしかない。ベッドを下りて窓際まで行き、シェードを思い切り引き上げると、予想通りの光景が広がっていた。

「うわ、やっぱり……！」

眼下に広がるのは、真っ白な雲海と深い青空。

樹生は飛行機に乗せられて空を飛んでいた。目的地は分からないが、樹生の知る限りこんなことができるのはあの三人だけだ。内装からして普通の航空機ではないから、おそらく誰かの自家用機なのだろう。

病院のベッドから、いきなり空の上。相変わらずの三人に、少々呆れてしまったが。

「……わ、凄い。あれ、もしかしてどこかの山脈かな？」

「ヒマラヤ山脈だよ、樹生」

振り返ると、部屋の奥にある両開きの扉が開いていて、そこにエドワードが立っていた。

「私のプライベートジェットにようこそ」

悪びれぬ様子でそう言われ、気が遠くなる。樹生は抗議するように言った。

「もうっ！　ようこそじゃありませんよエドワード！　いきなり連れ去られたら焦るじゃないですかっ！」

「ふふ、すまない。きみが私たちの愛を受け入れてくれたのがあまりにも嬉しくて、全員我欲を抑えられなかったのだ」

「我欲ってて っ……」

感情のままに行動する彼らには困ってしまうが、今更考えるまでもなく、ここに至るすべての瞬間において、エドワードやほかの二人がそれを抑制したことはなかった。

エドワードが部屋の外に顔を出して呼びかけると、アンドレアとハッサンもやってきて、こともなげな調子で声をかけてきた。

「……お？　目が覚めたのかミキ？　よく眠ってたな。そら、目覚めの一杯だ」

「寝起きのあなたは、いつ見ても可愛らしい」

楽しげにこちらにシャンパングラスをよこすアンドレアも、樹生の顔をうっとり見つめるハッサンも、すでに優雅な空の旅を存分に満喫している様子だ。今更怒る気も失せてくる。

やや脱力しながらアンドレアからシャンパングラスを受け取り、軽く掲げてひと口飲んでから、樹生は訊いた。

「あの、一応確認しますけど、夜中の病室に来たのは、皆さんですよね？」

「ああ、そうだ。このジェットは普段は人に貸しているのだが、昨晩たまたまその人物が日本に来ていてな。しばし滞在すると言うのでその間使うことにしたのだが、人を手配する時間がなかったので、私たちが自ら迎えに行った。お義父上にはきちんと許可を取ったぞ？」

（……迎えっていうか、拉致だよね）

何だかんだと、エドワードはいつでも巧みな話術で物事を押し進めている。一体父に何と説明したら、樹生を病室から連れ去れるのだろう。

でも、さすがに今から日本に引き返せと言うのもはばかられる。樹生ははあとため息をついて言った。

「……もう、いいです。けどこれからはサプライズじゃなくて、何かするときには先にちゃんと言ってください。僕にも心の準備が必要ですし」

「ふふ、心得ておこう」

エドワードの言葉に、アンドレアとハッサンも頷く。三人とも本当に分かっているのだろうか。

やや半信半疑ながらも、樹生は気を取り直して、窓の外を眺めて訊ねた。

「それで、どこに向かってるんです、この飛行機は？」

「フランスのトゥールですよ。私たちが共同で購入した中世の古城があるのです」

「古城、ですか？」

ハッサンの言葉に首を傾げる。三人にはとても似つかわしい場所だが、樹生をそこへ連れていくのは何故だろう。怪訝に思い三人を見返すと、エドワードが微笑んで言った。

「実は我々は、近々欧州でホテル経営を始めることに決めたのだ。今回購入した城はホテルとして改装されていて、すぐにでも営業を開始できる。樹生にはそこでホテルマンとして働いてもらって、ゆくゆくはコンシェルジュの仕事を任せたいと思っている」

「ほ、本当ですかっ？」

思ってもみなかった話に、思わず目を見開く。再び海外へと父にすすめられたが、具体的なことはまだ何も考えていなかった。ある意味これ以上ないサプライズだが、そんな素敵なホテルで働けるなんて夢のようだ。

「あ、あの、凄く嬉しいですけど、でも僕、フランス語は全然ですよ？」

「俺たちが教えてやるよ。ボーディングスクールでは公用語だったからな」

アンドレアが言って、軽くウインクをよこす。

「ただまあ、それはしばらく先の話だ。まずは四人だけで城に泊まって、ハネムーンを楽しもうじゃないか」

「ハ、ハネムーン？」

予期せぬ言葉にドキリとする。

そういうことは自分には縁遠いものだと思っていたが、三人と樹生はめでたく伴侶となったのだ。甘い時間を過ごせるなら、それはとても楽しみではある。

「ハネムーンなんて、何だか素敵ですね。中世のお城も、僕は初めてです。いつ頃着くんです？」

「さあ、そうだなあ。まだ六、七時間はかかるんじゃないか？」

そう言ってアンドレアが、意味ありげな笑みを見せる。

「ちょうどいい時間かもな。空の上で四人でゆっくり愛し合うには」

「えっ……？」

「いい考えだと思いますよ。何しろここには私たちしかいませんし。ねえ、エド？」

ハッサンも言って、チラリとエドワードの顔を見る。艶麗な笑みを浮かべて、エドワードが答える。

「私も同意する。半ば強引に連れてきたのだ。樹生には旅をとことんまで楽しんでもらいたいからな」

「なっ？」

手にしたシャンパングラスをハッサンにひょいと持っていかれたと思ったら、エドワードとアンドレアに体を抱き上げられ、先ほどのベッドの上に身を横たえられた。

「あ、あのっ、ちょっ……！」

抗う間もなく三人に手際よく衣服を緩められ、裸にされてしまう。慌てて体を丸めて局部を隠しながら、樹生は訊いた。

「ま、待ってつ、まさか、ここでっ？」

「きみと愛し合いたいんだ。本当は昨日からずっとそうしたかった。きみが欲しくて、どうにかなりそうだよ」

「私もですよ、樹生。どうか私たちに、あなたを愛させてください」

「今までで一番よくしてやるよ、ミキ。俺たち全員でな」

「皆さん、でも、あのっ……、ぁ、あふ、んん……！」

三人が衣服を脱ぎ捨て、樹生を取り囲むように身を寄せてきて、代わるがわる樹生の口唇にキスをしながら指先で体に触れてきたので、当惑の言葉が霧散する。

　三人のキスは甘く優しく、口唇をついばむように吸われる感触に背筋が蕩けそうだ。丸めていた体をやんわりと広げられ、胸や腹、内腿にも取りつかれて口唇でチュッと吸うようにされたら、それだけで下腹部がズクンと疼いて、樹生自身が頭をもたげ始めた。

「は、ぁ、やっ、感じ、ちゃ……！」

　まさかいきなり空の上で愛撫され、こんなにもあっさりと感じさせられてしまうなんて思わなかった。すっかりセックスに馴らされている自分の体が、何とも恥ずかしすぎるが――。

（三人とはもう、恋人同士なんだよね？）

　触れられる心地よさが今までとはずいぶん違うことに気づいて、胸が高鳴る。

　これまでは一方的に想いを寄せられて流されるように抱かれるばかりだったが、これからは違う。こうして触れ合うのは、いつでもお互いの愛情を伝え合う行為なのだ。

　でも、どうしたらそれを伝えられるのだろう。三人への愛情はきちんと自覚しているから、抱かれるときにはこちらの想いもちゃんと体で伝えたい。彼らの愛を受け止めるだけでなく、惜しみなく与えるようなセックスをしてみたいと、何だかそんな気持ちになってくる。

　けれど、どうやったらそうできるのかが分からない。樹生がどんなふうにすれば、三人は悦んでくれるのだろう。

「ああ、樹生の肌は綺麗だ。しっとりと艶やかで、触れれば薔薇色に上気する。本当に美しいよ」

エドワードが言うと、アンドレアが続けて告げてきた。

「俺はミキの感じてるときの声が好きだな。甘くて官能的で、聞いてるだけでそそられる」

「どこに触れても敏感なのもいいですね。ほら、ここもうこんなになっていますよ？　凄く可愛いです」

ハッサンが言って、すでに欲望の形になってしまっている樹生自身に視線を落とす。

こちらから何もしなくても、樹生の体が反応するだけで、三人は悦んでくれているようだけれど。

（でもやっぱりそれじゃ、嫌だな。僕もちゃんと、三人を気持ちよくしたい）

恋人として、「花嫁」として、きちんと三人と愛し合いたい。

樹生はそう思い、おずおずと訊いた。

「あ、あの、僕、どうしたらいいですか？」

「……？　どう、とは？」

「その、皆さんに気持ちよくしてもらうだけじゃなくて、僕も皆さんを愛したいんですが、そのやり方が分からなくて」

「樹生……」

「だから、皆さんがどうしてほしいのか、教えてもらいたいんです。僕に、愛し方を教えてくれませんか？」

勇気を出してそう言うと、三人が樹生を凝視してきた。

妙な沈黙ののち、エドワードが笑みを見せて言った。

「何とけなげな……。樹生、それがきみの素直な気持ちなのか？」

「は、はい。あの、変でしょうか？」

「まさか。ミキがそんなことを考えてくれるなんて、それだけで嬉しいぜ」

「本当に。ですが、無理して何かする必要はないのではないでしょうか」

アンドレアの言葉に同意しつつ、ハッサンが言う。

「樹生が素直な言葉で悦びを口にし、どこにどんなふうに触れてほしいか教えてくれるだけでも、私たちは嬉しいのです。エドもアンドレアも、そうでしょう？」

「だな」

「確かに。樹生の悦びが、私たちの悦びなのだ。樹生はただ感じて、快感に酔っていればいいのだよ」

「そう、なのですか？」

そんなことでいいのかと、腑に落ちないものを感じながら三人を見返すと、アンドレアが樹生の右半身側に身を寄せ、右肢を開かせるようにして持ち上げて、膝にキスして言った。

「ミキのいいところを、これから俺たちが毎日時間をかけて探し出してやる。だから気持ちよかったら、ちゃんとそう言ってくれるだけでいいんだ」

「アン、ドレア……、あ、ぁ……」

アンドレアが樹生の腹のほうから身を乗り出して内腿を舌でなぞり、筋に沿ってちゅくちゅくと口唇で吸いついてきたので、樹生の喉から吐息が洩れる。

ハッサンがその様子にふと笑みを洩らし、樹生の左半身側に寄り添って左の乳首に口づけて、舌先でてろてろと突起を舐ってきた。

「あ、あっ、んん、ふっ」

思いのほか過敏な内腿を吸われ、感じやすい乳首を刺激されて、腰がビクンと揺れる。

欲望の根元がぬるりと濡れた感触があったから、早くも透明液を溢れさせていることに気づかされた。樹生の肢の間に膝をついて、エドワードが言う。

「きみ自身が嬉し涙を流しているよ、樹生。アンドレアとハッサンに愛されて、体が歓喜を覚えているようだ。そんなにも感じているのか？」

「は、いっ、いい、ですっ」

「蜜を味わいたいところだが、こちらも捨てがたいな。私はここを愛してあげようか」

エドワードが言って、樹生の下腹部に顔を埋める。そのまま柔らかな双果を口に含むようにして、舌でねろねろと舐め回し始めたから、知らず上体が仰け反った。

「ああ、はぁっ、いいっ、そこも、ぃ、いっ……」

甘美な快感に声が上ずる。

そこも感じる場所だと知ってはいたが、ハッサンに両の乳首を交互に吸われ、アンドレアに内腿の筋からふくらはぎの辺り、さらには足の裏までも愛撫されながら、エドワードに双果の柔襞を食むようにされると、快感が何倍にも増幅するようだ。自身には触れられていないのに感じるたびビンビンと跳ねるように動き、切っ先はますます透明液を溢れさせる。

まるで全身が喜悦にむせび泣いているかのようだ。

「は、ぅうっ、ぃい、もっと、触ってっ、気持ち、いいとこ……！」

声を震わせて求めると、ハッサンに乳首を指先でキュッとつままれ、アンドレアには足指を口に含まれ舐め回された。エドワードには会陰を舐められて、はしたなく身を捩ってしまう。

欲望にも触れてほしくて、焦れたように腰を揺すると、エドワードが幹を伝う透明液をするりと舌で舐め取って、淫猥な声で訊いてきた。

「ここも愛してほしいのか、樹生？」

「はぃっ、そこ、触っ、てっ」

揺れる声で答えると、エドワードが樹生の先端部を口に含んだ。次いで、深く喉奥まで咥え込まれ、口唇を窄めてしゃぶり上げられて、ヒッと喉が鳴る。

そのままゆっくりと、口唇を何度も上下させて摩擦を繰り返され、淫らな嬌声が止まらなくなる。

「あっ、はぁっ、きも、ちぃっ、気持ち、いいっ」

「ふふ、可愛いですね、樹生は。エドにそこを吸われたら、乳首がキュウッと硬くなりましたよ？」

「おお、綺麗だな。チェリーみたいな色をしてる。俺も味わってみようか」

「っあっ、や、胸、ビリビリするぅっ」

ツンと勃ち上がった左右の乳首をハッサンとアンドレアにきつく吸われて、背筋に電流が流れたような感覚が走る。

すっかり熟れたそこは口唇で食まれただけでジンジンと疼き、軽く歯を立てられれば下腹部が反応してキュウキュウと収縮する。

エドワードに樹生自身を吸い上げるスピードを速められると、たまらないほどの悦びに息が乱れ、あっという間に射精感が募ってきた。

「はっ、あっ、ぃ、ちゃっ、も、達っちゃう、達っちゃううう――」

恥ずかしく腰を揺すって、熱棒をエドワードの喉奥へと挿し入れながら叫んだ途端、視界がぱあっと白くなった。エドワードの口腔の中がぬるい白蜜で満たされたのが感じられて、こめかみが熱くなる。

「あ、あ……、ン、ンっ、エ、ドっ、やぁっ」

間欠泉のように溢れ出す濁液を、エドワードが喉を鳴らして嚥下する。

それをされるとひどく背徳的な気分になるが、エドワードはさらに、細筒から残滓をすべて吸い出そうとするように樹生自身を吸引してきた。

達したばかりの幹をそんなふうにされるとくすぐったさを覚えるが、エドワードの口腔の温かさが心地よくて恍惚となってしまう。

ちゅぷっと水音を立てて乳首から口唇を離し、アンドレアが言う。

「気持ちよさそうだな、ミキ。蕩けたような甘い顔をしてるぜ？」

「や、恥、かしっ」

「何も恥ずかしいことはありませんよ。感じている樹生の可愛い顔を見られるのは、私たちにとって大きな愉しみの一つなのですよ？」

ハッサンも言って、汗ばんだ樹生の髪を優しくすいてくる。

蜜の名残を残さぬよう丁寧に舌を使いながら、エドワードが樹生自身から顔を上げて、クスリと笑って言う。

「二人とも。もっと可愛い顔が見られる場所が、あるだろう？」

「ふふ、確かにそうですねえ」

「そうだな。胸と前をいじられるときより、ココで感じてるときのほうが、ミキはもっといい顔をするよな？」

「あ、ぁ……！」

三人が樹生の双丘に手を伸ばし、狭間をついっと指でなぞって後孔を指で優しく突いてくる。

そこはまだキュッと窄まっていたが、内奥はすでに熱っぽくなっている。三人の指で柔襞をくるくると撫でられると、それだけで微かに緩んで、ヒクヒクと物欲しげに蠢動し始めた。

「あ、ん、はぁ、ああ……」

体のもっとも秘められた場所を恋人たちの指で優しくいじられ、何だかまるで女性のようにあわいが潤むような気がしてくる。そこに雄を繋がれて感じる凄絶な悦びの記憶が湧き上がり、淡い期待に知らず腰が揺れる。

微かに緩んだ窄まりに三人の指がつぷつぷと沈み出すと、それを受け入れて後ろが解けていくのが分かった。

「ああ、樹生のここはとても柔らかいですよ」

「本当だな。中も凄く熱い。ここはもう、俺たちを求めているのかな？」

ハッサンとアンドレアが言うと、エドワードが両手を樹生の左右の膝裏に添え、肩の辺りにつくくらいまで体を屈曲させてきた。

「あっ、ゃあ、こんな、格好っ」

腰が大きく浮き上がったせいで、自らの欲望が眼前に迫ってきた。緩められつつある後孔を三人の眼下に曝されて、かあっと肌が染まる。

エドワードが笑みを浮かべる。

「恥じらうことはない。きみはどんな姿でも美しいのだから」

そう言ってエドワードが、樹生の中に指を根元まで差し入れて、うねうねと動かしてくる。ハッサンとアンドレアも徐々に指を深くまで沈めながら樹生の足腰を支え、汗ばんだ尻や鼠蹊部、会陰に口づけ、舌で舐り回してきた。

熱い舌の感触にビクビクと感じまくってしまう。

「はぅ、やぁ、感じ、るっ、ああ、ああっ」

淫靡な格好にされた樹生の体の正面からエドワードに、右半身側からアンドレアに、そして左半身側からハッサンに取りつかれ、後ろを指でいじられながらきわどい部分に舌を這わされて、羞恥に頭が熱くなる。

だが樹生を愛撫する三人はまるで樹生の体に没入するように、熱い吐息を洩らしながら舌を使い、あるいは指を操って、こちらの劣情を煽り立ててくる。

休みなく与えられる甘い刺激に、果てたばかりの樹生の先端から濁りを帯びた透明液がつっと滴り、糸を作って腹の上に落ちてきた。

「ふふ、美味しそうですね。今度は私がいただきましょう」

「あっ、んぅ、ふうぅ！」

ハッサンが後ろをいじる手を離し、体の位置をずらして樹生の欲望の根元を手で支え、口に咥えて吸引してくる。

後ろと前とを同時に刺激されると、快感を覚えるたび下腹部がズクズクと疼き、後孔に差し入れられたままの残る二人の指を無意識に締めつけてしまう。

アンドレアが楽しげに言う。

「中からもっと感じさせてやろう。ミキの好きなところは、ここだったかな？」

「ああっ！　ひ、ぃっ、やっ、あっ」

「すっかり熟れているようだな、樹生のここも。触れるとそら、形が分かるぞ？」

「ひうぅっ、そ、こっ、ら、め、らめえっ」

樹生の中の快感の泉を指先で探り当てられ、二人の指先で交互にグリグリともてあそばれて、はしたなく尻を振って喘いだ。

前と中とを攻められて、意識がグズグズになるほど感じさせられる。欲望はハッサンの口腔いっぱいに育ち、自らこぼした透明液とハッサンの唾液とでぬるりとしていて、ハッサンが頭を動かすたびジュプジュプと濡れた音が立つ。

後孔の指を二本ずつ、三本ずつと順に増やされ、何本かも分からないくらい挿れられてぐちゃぐちゃと掻き回されたら、せり上がる射精感を押しとどめるすべもなくなった。

キュウキュウと指を締め上げながら、樹生は再び絶頂に達した。

「はぁ、あっ、ああっ、ああっ」

全身をガクガクさせながら、ハッサンの口腔に二度目の白濁を放つ。

立て続けに達かされると体中の筋肉が軋むような感覚があるが、中も刺激されて達したせいか先ほどよりも快感の深度が深く、頂きのピークも長い。

悦びの高みへと飛ばされたまま戻れず、やや焦点の合わぬ目で中空を見上げて震えていると、エドワードが樹生の後ろから指を引き抜いて、満足げな笑みを浮かべて樹生の尻たぶに口づけ、低く囁いた。

「素敵だよ、樹生。きみは素晴らしく甘やかな体になったようだな」

「エ、ド……」

「中、もうトロトロだぜ？　俺の指に吸いついて、中に引き込んでくみたいだ。ここが一番感じるんだな、ミキは」

「あっ、あんっ、動かしちゃ、やぁっ」

アンドレアが中に入れたままの指をゆるゆると動かして、柔襞を捲り上げるようにしてきたので、啼きの入った声で叫ぶ。

内壁を柔らかく擦られるだけで、また小さく極めてしまいそうだ。逃れようと腰を揺すると、ハッサンが樹生の欲望から口を離して愛液をコクッと嚥下し、艶麗な笑みを浮かべてこちらを見つめてきた。

「あなたの体はもう十分蕩けているようですね。早く繋がって、奥の奥まで愛してあげたいですよ」

そう言ってハッサンが、エドワードとアンドレアに視線を向けて言う。

「後ろの具合はすこぶるいいようですね」

「よく開いているな。潤すものを施さずとも、もう繋がることはできるだろう」

エドワードが言うと、アンドレアがようやく樹生から指を離して、クスリと笑って言った。

「悪くないな。それで？　誰が一番に樹生を愛してやるんだ？」

「そうですねえ、そこは樹生の希望次第かと思いますが」

「そうだな。私もそう思うよ」

エドワードがハッサンに同意して、樹生に訊いてくる。

「樹生、最初は誰と繋がりたい？」

「え、と……？」

「あなたの望むようにしますよ、樹生。私たちにどんなふうに愛してほしいですか？」

「一応言っとくが、一人に限らなくてもいいぜ。二人同時にも愛せる。ミキの後ろは十分に解けているからな」

アンドレアが言うと、ハッサンが何故だか目を輝かせた。

「それは素晴らしい……、ぜひ試してみたいです！」

「先走るな、ハッサン。樹生の負担が大きい行為は、樹生の意思が最優先だ」

「もちろん分かっていますよ、エド」

ハッサンが頷いて、樹生をいとおしそうに見つめる。

「すべて、樹生が選んでくれていいのです。私たちはあなたへの愛に殉ずる奴隷だ。どんなふうにでも、あなたを愛してあげますよ？」

「皆、さん」

そんなふうに言われ、嬉しい気持ちはあるが、三人を等しく想っているから、誰がいいとかどうしてほしいとかいう強い希望は、樹生にはなかった。

二人同時に、というのが樹生の想像通りの行為なら、少々怖くはあったが――。

(三人が、欲しい……、僕の中に、入ってきてほしい……！)

劣情に溶けた目で見回せば、三人の欲望はもう雄の形になっている。

今はもう恋人同士となった三人のそれで中を激しく擦られ、奥深くまで突き上げられて、何度も頂を極めたい。愛の証の熱液をたっぷりと注がれて、訳が分からなくなるまで乱されたい。

そんな鮮烈な欲望が体の底から湧き上がってきて、身震いしそうになる。

樹生は渇望のままに哀願した。

「僕はたくさん、欲しいです……。お一人でも、お二人ででも、僕といっぱい、繋がってくださいっ……」

半ば涙声で発せられた樹生の言葉に、三人が嬉しそうに笑みを交わす。

エドワードが頷いて、二人に言う。

「樹生も求めてくれているなら、応えてやらねばな。まずは二人で愛してやってくれ」

「いいのですか、エド？」

「ここでは私はホストだ。あとからでいい」

「オーケーだ。じゃあミキ、まずはこっちに来い」

アンドレアが樹生の手を取り、起き上がらせて体を抱き寄せる。

そのままアンドレアの腰を跨ぐ格好で膝をつかされたので、首にしがみついて上体を支えようとしたが、二度の絶頂で体が緩んでしまっているのか、一瞬ふらりと体が揺れた。

「おっと……、大丈夫か？」

「もうすっかり蕩けていますねえ、樹生は」

エドワードとハッサンが言って、樹生の背後から肢と上体とを支えてくれる。

何とか体勢を保つと、樹生の双丘を手で支えて、アンドレアが訊いてきた。

「そのまま腰を落として、俺をのみ込めるか？」

「は、い……、んん、ンっ、あっ……」

腰の位置を徐々に下げて、アンドレアを後孔に沈めていく。

熱杭はすでに育ちきってきて、内壁をぐいぐいと押し広げられるようだが、樹生の後ろは柔軟に咥え込み、奥へ奥へと受け入れていく。

アンドレアが微かに息を乱して言う。

「ああ、凄いなっ。樹生の中、熱くて溶かされそうだっ」

「アンドレアも、熱い、ですっ」

「少し動いて、なじませるぜ？」

「はい、っ、ああ、ぁ……！」

アンドレアにゆっくりと下から突き上げられて、濡れた吐息が洩れる。

後ろには何も施していないのに、中が潤んででもいるように動きが滑らかだ。擦られるたび内壁に甘い悦びが広がり、知らず腰が跳ねる。まるで体が恋人の雄を求めて変化したかのような反応に、自分でも驚いてしまう。

「とても深くまでのみ込んでいますね、樹生。苦しくはないですか？」

アンドレアが樹生に寄り添い、肩口や首筋に口唇を這わせながら訊いてくる。

苦しいどころか、いつになく強い快感を覚えている。樹生は上ずった声で答えた。

「平気、ですっ、中が凄く、感じますっ」

「そのようだな。ここもまた育ってきたぞ？」

「あんっ、やっ、触られ、たらっ……！」

エドワードが片方の腕で樹生の体を支えながら、形を変え始めた樹生自身に指を絡めてやわやわと扱いてくる。中と外から優しく触れられ、甘美な快感に酔ってしまいそうだ。

「前がまた濡れてきたぞ、樹生。そんなにもいいのか？」

「うぅ、ぃいっ、いい、ですぅっ」

「とても美しい表情をしている。キスをしても？」

「えっ……？」

不意を衝かれた気分で上気した顔を向けると、エドワードが口唇を重ねてきた。

「あン、ぁふ……」

エドワードのキスはいつにも増して官能的だ。熱く肉厚な舌の感触にうなじの辺りがビリビリと痺れる。口腔の中の感じる場所をねっとりと舐められながら、自らこぼした透明液で濡れそぼった欲望をくちゅくちゅと扱かれて、陶然となってしまう。

「……どうです、アンドレア。もう大丈夫そうですか？」

「ああ、いいぜハッサン。ゆっくり来い」

エドワードのキスに耽溺している樹生の肩越しに、ハッサンとアンドレアが言葉を交わす。アンドレアが動きを止めて寝そべり、樹生の腕を引いて上体をほんの少し傾斜させると、ハッサンがアンドレアをのみ込んだ樹生の外襞のふちを指の腹で撫で、隙間を作るように捲り上げた。

欲望の切っ先をそこに押し当てて、ハッサンが背後から告げてくる。

「私もあなたの中に入りますよ、樹生。楽にしていてください」

「……、ぁっ、あああ、ああっ――」

ミチミチと肉の襞を押し開きながら、ハッサンが樹生に熱杭を繋いでくる。

凄まじいボリュームと、熱。

アンドレア同様、ハッサンのそれも大きく育っていて、まるで凶器か何かのようだ。あまりの圧入感に全身の毛孔から汗が噴き出し、ガクガクと体が震えてくる。

「クッ、きついな……！」

「ええ。でも、樹生はちゃんと私を受け入れてくれていますよ。本当に、素晴らしいです」

ハッサンの声は欲情に濡れている。エドワードが気遣って言う。

「樹生、体が少し強張っているようだ。私が支えているから、もっと力を抜け」

「うぅ、は、い」

凶暴な肉杭を少しでも受け入れたくて、後ろの力を抜く。

するときつさが緩んだのか、ハッサンが小さく息を吐いて樹生の腰に手を添え、腰を揺すり上げるような動きをしてきた。強引に押し込まれる感触に、呻いてしまう。

「あぅっ、あっ、あっ！」

「くっ、おい、ハッサンっ、そんなに焦るな！」

「無理ですよ、アンドレアっ、何だか中に、引き込まれて……！」

腰を使って少しずつ侵入しようとしていたハッサンだが、徐々に己を抑制することができなくなってきたらしく、深度を増すにつれ動きが大きくなり、樹生の奥を鋭く穿ち始める。アンドレアが樹生の腰に手を添えて、苦しげに言う。

「ああっ、クソ、たまらないな！　もう、動くぞっ……！」

「ひうぅっ、はああっ、あああああっ！」

ハッサンの動きにつられてアンドレアが再び律動し始めたので、悲鳴が洩れる。

二本の雄を前後から挿入され、バラバラな動きで中を擦られる衝撃は予想以上で、エドワードにつかまっていなければ振り落とされそうだ。

最奥までズンズンと貫かれ、中を突き破られてしまうのではと一瞬不安になったけれど――。

「はぅうっ、ああっ、凄、いぃっ、いっぱい、来るっ、いいとこに、来るぅうっ」

前から繋がるアンドレアの切っ先には、最も感じる窪みを。そして後ろから繋がるハッサンには最奥を、それぞれ激しく突き上げられて、凄絶な快感が全身を駆け抜ける。揺さぶられるたび頭からつま先まで電流が走ったみたいに痺れ上がり、淫らな声が止まらない。視界はグラグラと歪み、緩んだ口唇の端からはしたなく唾液がこぼれた。

あまりにも鮮烈すぎる、三人での交合。

弾む樹生の体を支えながら、エドワードが感嘆した声で言う。

「本当に素晴らしいな、樹生は。二人に愛されてこんなにも感じ尽くしている。気持ちがいいか？」

「い、いっ、いいっ、もっ、ヘンに、なっちゃううっ」

もはや理性も振り切れ、自ら腰を揺すって二人の動きに追いすがると、アンドレアがあっと余裕のない声を発した。樹生の腰に添えた手にぐっと力を込めて、喘ぐように言う。

「く、ぅ、ミキに絞られるぜっ！　悪いがもう限界だっ。先に、出すぞ！」

「はああっ、ゃああ、そこっ、駄目っ、駄目ええっ！」

アンドレアが息を乱しながら終わりへと加速し始めたので、感じる場所をガツガツと突かれて上体が激しく揺れる。

引きずられるのをこらえるためかハッサンが動きを緩めたが、樹生の内筒は熱く潤んで蠢動し始め、樹生自身もビンビンと跳ねて、頂上へと収斂《しゅうれん》し出す。

エドワードがいとおしそうに言う。

「ふふ、また達くか。きみはどこまでも素敵だな」

「やっ、ぃくっ、あああっ、ああっ、ひあああっ――――！」

目がくらむほど壮絶な、三度目の放埒の瞬間。

ハッサンは息を詰めて動きを止めたが、アンドレアは哮《たけ》るような声を上げて樹生の最奥を突き、ぶるりと身を震わせた。

どっと溢れ出した灼熱に内腔を熱されて、背筋が痺れ上がる。

「……っ、凄いですね……、危うく一緒に、連れていかれるところでした」

辛くも射精をこらえたらしいハッサンがため息交じりに言って、樹生の背中に身を寄せ、耳朶にチュッと口づけてくる。

「ああ、あなたの中が収縮して、私とアンドレアに絡みついています。まだ高みから降りられないのですか？」

「うぅっ、な、か、キュウって、しててっ、止ま、らな……！　きも、ちぃいっ！」

達したあとも余韻が去らず、内壁がヒクヒクとし続けている。

こんなことは初めてだが、どうやら快感が強すぎて止まらなくなっているようだ。己を放出し尽くしたアンドレアが、ふっと息を一つ吐いて甘い声で言う。

「……たまらなくよかったぜ、ミキ。このまま、エドもよくしてやってくれ」

アンドレアが上体を起こすと、ハッサンが背後から樹生の肢をM字に開いて持ち上げ、樹生の上体を胸で支えながら腰を上向かせた。

雄を引き抜いて脇へ退いたアンドレアと入れ替わるように、今度はエドワードが樹生の前に回り、アンドレアの抜けた隙間に刀身の先を押し当てて、ひと息に貫いてくる。

「あっ、あああっ」

エドワードのボリュームに、裏返った声で叫んでしまう。

落ち着いてサポート役に徹していたエドワードだが、欲望はもうマックスの状態だ。樹生の太腿を両手でぐっと押さえ、劣情の滲む声で告げてくる。

「すまない、樹生。少し荒いかもしれないが、こらえてくれ」

「エ、ド……、ぁあっ、ふああああッ！」

深く内奥まで抉り立ててくるような激しい抽挿に、切れぎれに悲鳴を上げる。

いつも紳士的な節度を保って樹生に触れていたエドワードなのに、今はまるで欲情の虜だ。荒々しく突かれるたび最奥に先端部を叩きつけられ、結合部からは泡立ったアンドレアの白蜜が掻き出されてくる。

獰猛なまでの雄の本能に、奥の奥まで征服されていくようだ。

「くっ、う、エドっ、激しすぎます！」

共に繋がるハッサンが煽られたように声を上げ、動きを合わせて腰を揺すり始めると、樹生はもう何も考えられなくなった。

恋人たちの熱情に意識を洗い流され、恍惚となっていく。

「もうミキと俺たちは、一つだな」

まぐわいの輪を脇から眺めながらアンドレアが言って、揺さぶられている樹生の汗ばんだこめかみに口づける。

「俺たちの可愛い花嫁……。ずっと三人で愛してやるからな？」

「ぅうっ、ふうっ、ずっ、とっ？」

「ああ、そうだ。ずっと一緒だぜ？」

（ずっと、一緒に……）

こんなにも愛してくれている三人と、これからはずっと一緒にいられる。改めてそう気づかされ、喜びに胸が高鳴る。

自分も彼らの傍にいられるだけの、立派な「花嫁」になろう。三人を愛して、その心の癒しとなろう。

樹生はそう誓いながら、二人の律動に身を任せた。

やがて放たれた二人の愛液は、甘い美酒のように樹生を酔わせた。

あとがき

こんにちは、真宮藍璃です。このたびは拙作「略奪花嫁と華麗なる求婚者」をお読みいただきありがとうございます！

今回のお話は、受けがキラキラゴージャスな攻めたちに言い寄られ、たっぷり愛される甘々な複数ものです。

今まで書いてきた作品でも、攻めのグローバルハイスペック感にはだいぶこだわってきたつもりなのですが、今回のお話では、複数の攻めたち全員を単独でもラブロマンスものの主人公になれるようなキャラにしようと考え、あれこれアイデアを練りました。

そうして生み出されたのが、それこそ海外セレブ攻めの代表のような、英国貴族、アラブの王族、実はマフィアの実業家、という攻め三人です。貴族もアラブもマフィアも、BLの攻めとしては定番中の定番で、私も過去作で書いたことがありますが、全員を一つのお話に登場させるのは、もちろん初めてのことです。

知り合ったきっかけや今現在の間柄はどうだろう、若い頃からの知り合い、たとえば学校が一緒など、ある程度まとまった期間傍にいたような感じかなとか、受けを巡って恋のライバルになるけれど、基本的には良き友人がいいかなとか、その関係性を考えるのも楽しく、書いていてかなりワクワクしました。普段はだいたいＢＬ脳の私ですが、「男の友情」というものも、とても萌えるものですよね～！

そんな攻めたちに対して、受けはと言いますと、こちらは少し悩みました。

いわゆる「攻め力」が強いタイプの攻めたちに対し、受けはどんなスタンスなのか。

王道に近い攻めに、攻めらしさを大いに発揮してもらえる受けとは、と考えてみて、今回の攻めは外国人であるので、受けはたおやかな和装の青年がいいかなと思いまして、無事受けが誕生しました。和装と言えば、何かの家元とか伝統芸能的な職業が思い浮かびますが、考えている途中で、何故か以前泊まった温泉宿の若旦那を思い出したので、旅館の跡取りになりました。

私は結構温泉宿が好きなのですが、最近は外国人向けの大きな浴衣を置いているところなどがありますよね。外国人攻めが浴衣を着ているとかなり萌えるのですが、皆様はいかがでしょうか。もちろん作務衣も好きなので、今回取り入れてみました。胸元がいいんですよね、胸元が！

……などと、ニッチな個人的嗜好なども盛り込みつつ、明るく仕上がった作品です。少しでも楽しんでいただけましたら幸いです。

さて、この場を借りましてお礼を。

挿絵を描いてくださった史堂櫂先生。

お引き受けくださりありがとうございます。攻めたちの大人の魅力たっぷりなキャラ造形にドキドキしております。特にアンドレアの首の太さが自分的にどストライクで（マニアックですみません……）、日々惚れ惚れと眺めております。エドワードのトラッドな感じとか、ハッサンの柔らかな物腰、そして受けの樹生の可愛らしさなどもとても素敵です！　本当にありがとうございました。

そして、担当のI様。

キャラが多くあちこち移動するお話で、詰めの甘いところを的確に指摘していただいてありがとうございました。今後ともよろしくご指導のほどお願い申し上げます。

最後に読者の皆様。

本書をお手に取っていただきありがとうございました。これからも、いろいろな複数ものをたくさん書いていけたらいいなと思っております。

またどこかでお会いできますように！

二〇一六年三月　真宮藍璃

原稿募集

プリズム文庫では、ボーイズラブ小説の投稿を募集しております。

優秀な作品をお書きになった方には担当編集がつき、デビューのお手伝いをさせていただきます！

応募資格

性別、年齢、プロ、アマ問わず。他社でデビューした方も大歓迎です。

募集内容

商業誌に未発表のオリジナル作品であれば、内容に制限はありません。

ただし、ボーイズラブ小説であることが前提です。ラブシーンのまったくない作品に関しましては、基本的に不可とさせていただきます。

枚数・書式

1ページを40字×16行として、200〜240ページ程度。

原稿は縦書きでお願いします。手書き原稿は不可ですが、データでの投稿は受けつけております。

投稿作には、800字程度のあらすじをつけてください。

また、原稿とは別の用紙に以下の内容を明記のうえ、同封してください。
◇作品タイトル　◇総ページ数　◇ペンネーム
◇本名　◇住所　◇電話番号　◇年齢　◇職業
◇メールアドレス　◇投稿歴・受賞歴

注意事項

原稿の各ページに通し番号を入れてください。

原稿は返却いたしませんので、必要な方はコピーを取ってからのご応募をお願いします。

締め切り

締め切りは特に定めません。随時募集中です。

採用の方にのみ、原稿到着から３カ月以内に編集部よりご連絡させていただきます。

原稿送り先

【郵送の場合】〒153-0051　東京都目黒区上目黒1-18-6　NMビル3Ｆ
（株）オークラ出版「プリズム文庫」投稿係
【データ投稿の場合】ever@oakla.com

プリズム文庫をお買い上げいただきまして
ありがとうございました。
この本を読んでのご意見・ご感想を
お待ちしております!

【ファンレターのあて先】
〒153-0051 東京都目黒区上目黒1-18-6 NMビル
(株)オークラ出版 プリズム文庫編集部
『真宮藍璃先生』『史堂 櫂先生』係

略奪花嫁と華麗なる求婚者

2016年06月23日 初版発行

著　者　真宮藍璃
発行人　長嶋うつぎ
発　行　株式会社オークラ出版
〒153-0051 東京都目黒区上目黒1-18-6 NMビル
営　業　TEL:03-3792-2411 FAX:03-3793-7048
編　集　TEL:03-3793-8012 FAX:03-5722-7626
郵便振替　00170-7-581612(加入者名:オークランド)
印　刷　図書印刷株式会社

Printed in Japan　ISBN978-4-7755-2557-9